诗韵扬帆

杨凡 ——
著

内蒙古文化出版社

图书在版编目（CIP）数据

诗韵扬帆 / 杨凡著. -- 呼伦贝尔：内蒙古文化出版社, 2023.6
ISBN 978-7-5521-2319-7

Ⅰ.①诗… Ⅱ.①杨… Ⅲ.①诗词—作品集—中国—当代 Ⅳ.① I227

中国国家版本馆 CIP 数据核字 (2023) 第 106328 号

诗韵扬帆
SHIYUN YANGFAN

杨凡　著

责任编辑　姜继飞
封面设计　鸿儒文轩·末末美书

出版发行　内蒙古文化出版社
地　　址　呼伦贝尔市海拉尔区河东新春街4－3号
直销热线　0470－8241422　　邮编　021008

排版制作　鸿儒文轩
印刷装订　三河华东印刷有限公司
开　　本　710mm×1000mm　1/16
字　　数　143千
印　　张　14.5
版　　次　2023年6月第1版
印　　次　2023年7月第1次印刷
书　　号　ISBN 978-7-5521-2319-7
定　　价　168.00元

序 言

　　杨凡是我国影视界一位颇具演艺技能和艺术才华的演员。他虽然不像演艺界的明星大腕那样为大众所熟知，但是从进入演艺界那一天起，一直到今天，他都是满怀激情地沐浴在中华文化的春风里，自发而又自觉地用中华优秀传统文化陶冶自己的心灵和情操，并把它融合到自己所扮演的各种角色中，同时又体现在自己的现实生活里。

　　杨凡对中华文化的喜爱可谓深入骨髓，尤其对中国古典诗词的喜好又可谓痴迷。在我所认识的文艺界或演艺界的朋友中，还未曾见过像杨凡这样爱好中国古典诗词的人。更可贵的是，他对于中国古典诗词不只阅读、欣赏和吟诵，还能自作而感怀，离曲而高歌。多年来他所创作的诗词曲赋多达数百首，并出版了《杨凡诗文随感录》。如今他又集结了近年所创作的诗词曲赋等二百余首（篇），并邀我为其自名为《诗韵扬帆》的新集作序。无奈本人对古典诗词研究甚少，沉思良久，推辞再三，但最终还是被他的诗情所感动。因此，我也有幸成为这本新诗稿的第一位读者。

杨凡与李中华（右）合影

几番阅读过后，受益匪浅，感慨良多。

诗歌是中国传统文化的瑰宝，其历史悠久而绵长。按汉代大儒郑玄的说法，人类有文字以前，用语言和音乐以抒发情感，于是产生"语歌"。神农之世，渐有器乐。器乐之音，仿自然与人声以为曲。故知有乐，即当有歌，歌者，随器乐而唱和谓之歌。后有文字书契，即当有歌词，有歌词，即当有诗矣。故"声诗"的产生须有三项前提：一有文字以为词；二有器乐以伴奏；三有美刺以示情。

据《礼记》《尚书》《左传》等传世文献的记载，早在《诗经》产生之前，即有"葛天乐辞，《玄鸟》在曲；黄帝《云门》，理不空弦。至尧有《大唐》之歌，舜造《南风》之诗，观其二文，辞达而已。及大禹成功，九序惟歌；太康败德，五子咸怨：顺美匡恶，其来久矣"（刘勰《文心雕龙·明诗》）。

以上所记，可以看作是中国诗歌产生的萌芽。尽管这些对诗歌历史的追述，尚属于口传历史的范畴，但它可以反映一部分历史的真实性，即中国诗歌的产生，"其来久矣"。

如果说上述所言"葛天乐辞"、"《大唐》之歌"、"《南风》之诗"、"九序惟歌"、五子之歌等，尚属于对中国文字创造之前口传历史的回忆，那么由《易经》这部信史经典中所记录的原始诗歌，却是毋庸置疑的真实存在。下面仅以乾、坤两卦为例：

例一：乾卦卦爻辞

初九，潜龙勿用。

九二，见龙在田，利见大人。

九三，君子终日乾乾，夕惕若厉，无咎。

九四，或跃在渊，无咎。

九五，飞龙在天，利见大人。

上九，亢龙有悔。

用九，见群龙无首，吉。

卦爻辞所涵歌

潜龙勿用，

见龙在田，

终日乾乾，

或跃在渊，

飞龙在天。

例二：坤卦卦爻辞

初六，履霜，坚冰至。

六二，直方，大不习，无不利。

六三，含章可贞。或从王事，无成有终。

六四，括囊，无咎无誉。

六五，黄裳，无吉。

上六，龙战于野，其血玄黄。

用六，利永贞。

卦爻辞所涵歌

履霜，坚冰。

直方，含章。

括囊，黄裳。

龙战于野，其血玄黄。

以上二例，按黄玉顺《易经古歌考释》一书，从《易经》的卦爻辞中考出每卦一歌，共六十四首，其中对《易经》中所涵歌谣或短歌的发现及研究，是由著名易学家李镜池（著《周易筮辞考》）和高亨（著《周易卦爻辞的文学价值》）两位先生首创的，后又有黄玉顺先生（著《易经古歌考释》）作了系统考证与研究。

以上三人的著作可供参考。

　　黄氏的考证和整理填补了从上古到《诗经》(原本只称《诗》,称《诗》为经,起于荀子)产生之间的许多空白。大家知道,《周易》是在夏代《连山》易和殷代《归藏》易两代易文基础上所形成的定本,因此从历史与逻辑统一的角度视之,《周易》古经中所涵所引的古谣短歌产生的时间,当在《诗经》产生之前,这是中国诗歌史上一个重要环节,它为《诗经》的产生创造了条件。

　　由上古晚期至夏商周三代,中国诗歌已达到相当繁荣的程度,于是才出现中国第一部诗歌总集——《诗经》。它记录了从西周初年至春秋中叶(即前11世纪至前6世纪)大约500年间的三千余首诗歌作品。司马迁《史记·孔子世家》说:"古者《诗》三千余篇,及至孔子,去其重,取可施于礼义,上采契后稷,中述殷周之盛,至幽厉之缺……三百五篇,孔子皆弦歌之,以求合《韶》《武》《雅》《颂》之音。礼乐自此可得而述,以备王道,成六艺。"经过孔子整理和订定的《诗经》的产生,标志中国诗歌的成熟和兴盛,并成为后世文学艺术创作的源泉和典范之一。

　　《诗经》或"诗"的价值和意义,仅从文学角度说,"诗三百的时代,是一个伟大的时代。中国文化大体上是从这一时代就定型了。文化定型了,文学也就定型了。从此以后两千年间,诗——特别是抒情诗,始终成为中国文学的正统类型。赋、词、曲是诗的支流,一部分散文、赠序、碑志等,是诗的副产品,而小说和戏曲又往往以各种不同的方式夹杂一些诗。诗不仅支配了整个文学领域，还影响了造型艺术，它同化了绘画，又装饰了建筑（如楹联、春帖等）和许多工艺美术品"（闻一多《文学的历史动向》）。

诗成为中国文学、艺术、文论等各种艺术领域的源头活水，成为中国人的精神成长、思想感情培养的纽带，甚至对中国人的思维方式、生活方式、乡土情怀、哲学理性、人文精神等都产生了重大影响。它除了丰富的文化内涵，还包括政治思想、伦理道德、人性陶冶乃至社会生产、风土礼俗、天文地理、历法时令、尊天敬祖、敦亲睦友等等，几乎无所不包，遂成为中华文化的重要载体和中国文化的百科全书。由此，以《诗经》为代表的诗歌体系，铸成中国诗歌史上第一座辉煌灿烂的艺术丰碑。

《诗经》产生以后，理论家、文论家们对其有多种分析和评论，由此形成一种专门的学问——诗学。其中对后世影响最大的莫过"六义""四始"之说。《周礼·春官宗伯·太师》以风、赋、比、兴、雅、颂为六诗。《诗大序》："故诗有六义焉：一曰风，二曰赋，三曰比，四曰兴，五曰雅，六曰颂。"按朱熹《诗集传》的解释（历来对"六义"的解释有多种），诗之六义的基本含义是：

风："风者，民俗歌谣之诗也。"（具有地方性或民间性）

雅："雅者，正也，正乐之歌也。"（多指王朝崇尚的正声）

颂："颂者，宗庙之乐歌。"（天子祭祀颂赞先王和神灵的乐章）

赋："赋者，敷陈其事而直言之也。"（铺陈直述之诗）

比："比者，以彼物比此物也。"（即所谓比喻）

兴："兴者，先言他物以引起所咏之词也。"（触景生情，引发己意）

按朱熹的解释，风、雅、颂三者，是指诗的性质而言；赋、比、兴三者，是指诗的体式或体裁而言。程颐指出："学诗而不分六义，岂知诗之体也"；"古人之学，由诗而兴，后世老师宿儒不知诗义，后学岂能兴起也？世之能诵三百篇者多矣，果能达政专对乎？是后人未尝知诗也。"在古人看来，不了解诗之六义，就不能把握诗的基本技艺和基本精神。

从句式结构上说，《诗经》的特点，是以四言为主。之后，又经过战国时期产生的新诗体《楚辞》，使诗歌得到了充分发展，开创了中国诗歌乃至文学的现实主义和浪漫主义的传统。《楚辞》促进了我国七言体诗及赋体诗的发展进程，至汉代《乐府》诗歌的出现和赋体诗的兴盛，诗的句式结构由四言过渡到五言、七言乃至赋体的多言。特别是六朝时期在诗歌声律理论研究方面的突破，到唐代遂确立了近体诗的格局。比如胡应麟《诗薮》所言："四言变而《离骚》，《离骚》变而五言，五言变而七言，七言变而律诗，律诗变而绝句，诗之体以代变。"到唐代则近体诗兴盛而为百代之所宗，至此中国诗歌从《诗经》的时代起，经汉魏六朝，跨越千年，遂出现了难以逾越的第二个高峰。

"词"，原被称为"曲"，它是在"采诗入乐"基础上发展起来的一种特殊的诗歌形式，也是在唐代诗歌达到鼎盛时期，诗人为寻求创新与突破而发展起来的一种音乐化的文学形式。到宋代，这种诗歌形式发展到极致，宋词与唐诗妙雅共赏、双美并驾，至此迎来中国诗歌艺术的第三个高峰。

　　纵观中国诗歌的发展历程，它经历了《诗经》—楚辞—汉赋—乐府—六朝古体诗—唐诗—宋词—元曲等不同的演变形式，为中国文学树立了辉煌壮丽的不朽丰碑，最后汇合成中华诗歌的浑厚磅礴、体大精深、汪洋无际的艺术海洋，并哺育和陶冶了一代又一代中华儿女的敦厚的品格、温柔的性情和美丽的心灵。

　　《论语·阳货》载孔子言："小子何莫学夫《诗》？《诗》可以兴，可以观，可以群，可以怨。"这里，孔子所说的诗，虽然是指作为六经之一的《诗经》，但它也是对作为古代文体之一的诗歌的社会功能和作用的认识和概括。所谓"兴"，历代虽有不同解释，但在孔子的时代，主要还是指"兴于诗、立于礼"，抒发志向，激发情感，投身事业，即强调诗歌的社会、政治功能，当然其中也包含对艺术的联想和感发作用的关注。所谓"观"，指"观风俗之盛衰"（郑玄注），以便从中"考见得失"（朱熹注）。古代设采诗之官，定期到各地收集民谣，这些民间歌谣在一定程度上反映了社会政教风俗的好坏得失，是统治者了解下情的重要手段。所谓"群"，是指诗歌所具有的团结和凝聚作用，通过诗歌，大家在一起相互切磋砥砺，畅所欲言，交流思想，沟通感情，以诗会友。所谓"怨"，即"怨刺上政"（孔安国注），指诗歌所具有的批评政治得失和道德失正的讽谏讽刺作用。

古代诗歌如此，现代诗歌也当如此。它不只是颂扬功德美政和善治良俗的工具，更是净化社会、激励人心的有力武器。因此，优雅美丽的诗赋词曲，不仅可以点缀我们可爱的家园，提升我们的品位，净化我们的心灵，锤炼我们的意志，激励我们的信心，陶冶我们的情操，还可以从中追寻美好的梦境，寄托崇高的理想，唤醒人间的愚昧，鞭挞社会上的贪残。从这个意义上说，诗歌是投枪、匕首、痛斥和炸弹，同时又是鲜花、醇酒、甘霖和希望。

因此，中国人不能忘却自己的传统，不能丢弃我们的家珍。人们不仅应该学会对诗词的欣赏、审美，在有了一定基础后，也应练习写诗、填词、谱曲。而杨凡正是这样一位用自己的心血凝练诗魂的人。

多年以来，杨凡在其演艺工作之余，常流连于自然山水之间，环顾于茂草修林之境，又能措意于悠久绵长的中华历史之中。听风听雨，吟诵唱和；填词叙赋，陶铸诗文。以听"天籁"，以造"人籁之响"，以叹"千古兴衰"，以体"春秋冷暖"。故能"唱大漠之萧萧"，"吟草原之晨曲"，"赞胡杨之缠绵"，"诉双亲之别离"。细读杨凡诗稿，确是一种艺术享受。

《诗韵扬帆》收录有诗、赋、词、曲、联共二百余首（篇、副）。专就其诗说，可谓三言道尽"风云起"，四言咏"春江水

寒"，五言"风雨黄昏后"，六言"孤灯夜影求知"难，七言"陋
巷幽深显古韵"，八九多言词赋篇。其诗从三言到四言，从四言
古、四言绝到五言古、五言绝再到七言古、七言绝和七言律，其
已涵盖了古诗的大部分体式，足见其诗境之宽阔与体式之周全。

清人袁枚《随园诗话》说："诗难其真也，有性情而后真，否则
敷衍成文矣。诗难其雅也，有学问而后雅，否则俚鄙率意矣。"
纵观杨凡之诗，可谓"真""雅"备矣。

　　《词曲篇》中收词曲九十首，其中，所用词牌达六十余种，
几乎是一个词牌一首词，其词境之宽阔有比于其诗境者乎！清代
沈祥龙《论词随笔》曰："词出于古乐府，得乐府遗意，则抑扬
高下，自中乎节，缠绵沉郁、胥洽乎情。"杨凡填词，亦多合古
意，如《上行杯·秋》："秋露寒天行雁，霞光远，厉厉声缓。
古今别离肠寸断。　　烟山雾隔千万，夜风月圆孤灯盏。抚案！
思绪转，梦难安。"与远行人的离别，犹如秋风里南飞的大雁，
越过千山万水，远离故居。月圆夜深，风声如雁鸣之厉厉。孤身
一人面对残灯余火，离别的愁思难断，故思绪万千，洒泪难眠。

　　再如《河渎神·雁曲》："雁曲破残霞，际涯天地芦花。日
昏云雾过流沙，画梦何辨真假。大漠寒烟迎远客，滚滚黄沙面颊。
古道楼台风火，马鸣不见千家。"此为边塞征战之词，描写行军
兵士在荒漠中所见之象。大雁的叫声打破夕阳下的沉寂，战士在
晚霞余晖与云雾弥漫中穿行滚沙，似画似梦，难辨真假。面对扑
面的黄沙，莫若把它看成是对远来客人的欢迎，故能在残破的楼

台风火古道间艰难地穿行，耳边听到的只是战马的嘶鸣，眼睛见到的也只是渺无人烟的荒漠。

王国维在《人间词话》中说，词以境界为最上，故以境界评词才是最根本的标准。境界有多种，最后归结为"有境界"和"无境界"两种，"写真景物，真感情者，谓之有境界，否则谓之无境界。"若以王国维境界说审视杨凡所作之词，以上述两词为代表，皆可谓有境界。因其所写为"真景物""真感情"，使人读后亦有感。感情寓于"真景物"中，景物为实而情需体会方能得。

总之，在《诗韵扬帆》中，其所作之诗、赋、词、曲中，词的品质为最优，其他亦多有观者，因篇幅有限，不能——作评，只需读者细品之而已。

在我阅读《诗韵扬帆》后，还总觉意犹未尽，常想中国的诗歌传统，从上古三代一直延续至今，未曾发生断裂，由此成为中国传统文化的明珠和瑰宝。它就像一面镜子，能透彻地映照出中国人的聪明睿智和美好心灵。由此亦可看出，我们中华民族不仅勤劳、勇敢、和平、智慧和善良，而且勤于创造文明、善于保存历史、勇于开拓文化视野和积极汲取艺术养分。仅就文学艺术中的诗词曲赋而论，几千年来，祖先为我们创作并积累了大量多姿多彩的美丽诗篇，使我们的国家成为一个诗的花坛、诗的海洋、诗的国度。

现在我们应认真思考如何把它继承并发展下去，使我们的生存生活变得更文明、更自由、更优雅、更自信、更像诗一样甜美。

愿以此序，与杨凡及爱好诗词的朋友们共勉。

李中华

壬寅年夏六月十九日

于北京大学

杨凡与王守常老师（右）合影

目 录
Contents

目

录

诗韵扬帆

目
录

目
录

诗韵扬帆

诗韵扬帆

目
录

10

诗篇

古刹寒山寺

古刹寒山寺，

姑苏神外驰。

梦醒闲愁远，

钟声岁月移。

乌啼影难觅，

枫桥故交稀。

客船今犹在，

飞鸿天地栖。

光　阴

时光游走今古，

上下四方空谷。

宇舞寒凉冬夏，

反观自省醍醐。

情义春秋因果，

流云倒影天湖。

云水禅心

云来雾去皆幻化，
水别源泉两岸花。
禅性空灵本无物，
心生寂寥慧莲华。

冷暖春秋

风云起，

天地清。

霾雾散，

倒春寒。

草木发，

桃花放。

冷暖日，

酌酒孤。

畅元亨，

乾道兴。

江湖险，

厚德延。

青灯卷，

慰心安。

春 归

春江寒水，

鸿雁南北。

蒹葭苍韵，

春意难推。

幽远天际，

古道今回。

往来无住，

固守神归。

瞩目江天

波光水韵洞箫吟，

瞩目江天造化真。

叹罢浊尘粉锦绣，

孤舟抱朴翠竹心。

洞天福地

风雨黄昏后，

孤筏入洞天。

亭楼居福地，

紫气绕群仙。

垂钓直中取，

胸中山水间。

岁　月

一桥上下碧云溪，

犬吠鸡鸣老宅栖。

光阴舞动春秋梦，

四时游走岁月急。

幽玄曲

剑侠万里无足迹，

雪泥鸿爪幽玄曲。

江湖水阔心神放，

青海之波醉心系。

逍遥度

幽人不把南山隐，

闹市之中不染尘。

无己无名逍遥度，

五岳青峦足下亲。

◀ 作者定妆照

苍龙赞

兴云吐雾雨飘飘，

傲视苍穹任逍遥。

隐显如然合大道，

图腾广化万天骄。

孤灯夜影

孤灯夜影求知，

秋霜染鬓增识。

贵院秃笔一支，

点破兴衰玄机。

道通古今

隐迹韬光碧空，
惊雷震醒春梦。
无限生发时至，
晓日破残飞鸿。
心放三山五岳，
去留不滞清风。
乌飞兔走屯蒙，
古往今来道融。

中元节

静观日出日落，
心游无限寥廓。
四季推移无住，
有无悲欢万国。

养生心丹

山水只吸清波。

林泉常饮甘露,

空谷足音合道,

太和真气长呼。

莫问周天鼎炉,

道法自然丹固。

鸿运山水

鸿鸣天地外，

运至福门开。

山高人在上，

水流知音来。

诗韵扬帆

竹动风摇

竹动风摇心花舞，
夜静星稀孤影书。
琴箫慰藉无上道，
三尺梧桐旺丹炉。

空性禅林

古刹幽深老僧贫，

竹海翠波洞箫吟。

禅院钟声惊睡梦，

了然空性醉松林。

秋月春风

仰观俯察神明通，
远求近取天地融。
秋月春风云霞伴，
去留不滞万法宗。

电影《大辽太后》韩德让剧照

孤　桥

古往今来一独桥，

岁月悠悠若云飘。

多少足迹匆匆过，

只留孤桥无故交。

双影桥

风华烂漫影双桥，

水转云失两鬓憔。

他乡倩像鸿梦杳，

晚仁银颜叹秋萧。

胡杨林赞

古木玄根傲枯滩，

荒芜难灭生机延。

苍天恒寂谁相伴，

不死胡杨共缠绵。

烟乡渺

春花雨露烟乡渺，

四季元亨云水遥。

雁叫鱼欢迎暖客，

冰消雪融万物娇。

万古琴

心乐只和天籁音，
老叟独闻大江吟。
鸿影寂空惊广宇，
涧水无弦万古琴。

禅茶一味

云来雾去古峰峦，
月满星寒雁际天。
幽山玄水禅茶味，
涧鸣竹摇青灯燃。

江天湖畔

独行湖畔览江天，

晚霞哀诉互缠绵。

水雾连天遮皓月，

垂柳依依舞若仙。

大道行

出世入世随缘定，

寒冬冷月蜡梅兴。

花放三九迎春曲，

阴极阳转大道行。

电视剧《三国演义》赵云剧照

电视剧《镜花缘传奇》雷神剧照（右）

妙道真诀

琴箫龙凤乐，

万古红尘雪。

禅茶同滋味，

叶落秋风歇。

宇穹游万象，

妙道是真诀。

天籁本无音，

心明和日月。

易梅香

阴去阳复星斗罡，

乾坤运转易梅香。

四象归中寻妙道，

数术和合度万方。

暖回天

雪舞寒梅苦浴甜，

星移万象斗罡迁。

莫道人间春色晚，

一阳醒梦暖回天。

诗韵杨帆

畅元亨

日出惊睡梦，

幽谷松岩峰。

天地无老意，

肃杀催叶红。

鬓霜岁月走，

诗书畅元亨。

老子赞

混元驾鹤御鸿蒙，

一点虚灵游仙峰。

创造五行化万象，

笃静观复无极翁。

日月群星藏胸臆，

隐圣显凡助周亨。

五千真言醒万世，

三清一气化图腾。

庄子赞

至真妙道乐逍遥，
游尽虚空观海潮。
北冥之鱼真情动，
驾鲲御鹏任扶摇。
庄周了然舞蝶梦，
托物解丹羽化飘。
无己无名真自在，
乾坤运转汞铅消。

武当山赞

神农架前龟石山，

真武玄天妙汞铅。

太和神居武当道，

一柱天峰傲云端。

众星捧月万山朝，

高贤大德拜圣观。

内藏气海运奇功，

福地流连神忘返。

涧水长鸣会仙缘，

龟蛇相盘性命坚。

三丰种下无根树，

我命由我不由天。

崂山赞

巨峰耸立观景奇，

海上仙山崂顶一。

莫道万象多变化，

穿墙过壁画酒席。

至柔驰骋至坚道，

无有无间玄妙机。

中华古韵慧天地，

道法自然莫痴迷。

电视剧《曹操》关羽剧照

电视剧《水浒传》石秀剧照

诗韵扬帆

醉琼楼

孤舟烟水峰峦秀，
独曳江心天地悠。
秋月春风长相伴，
浊酒一杯醉琼楼。

天地时机

秋凉萧木烟雨，

寒山醉谷枫栖。

冷义清霜催叶，

肃杀天地时机。

沙场萧萧

追风跨月峰峦醉，

萧萧烈骏动戈挥。

血染沙场山河泣，

悲情浩叹几卒归。

万象迁

碧水枫颜各自安，

泾渭分明万象迁。

浊酒一杯风云话，

无尽春秋岁梦延。

天籁知音稀

天地一盘棋，

道法真妙奇。

斗罡杀机现，

星宿自推移。

龙蛇弃渊起，

人心不古愚。

三季眼界观，

怎知冬雪意。

天人合发日，

万变自定基。

秋风落叶扫，

宇舞寒凉一。

孤叟垂钓曲，

天籁知音稀。

林泉归道

凡心一死道心活，

江湖水阔天地波。

红尘修炼圣人路，

空乏不倦成就歌。

落霞烟雨

落霞烟雨飞鸿天，

孤叟独钓江中闲。

一点残阳西山下，

浊酒三杯度春寒。

醒醉欢

故风旧雨慰苍颜，
遁叟卧榻黄卷观。
陋室青灯蒲团伴，
落花流水醒醉欢。

云梦山

云梦山中随梦游，

醒来又觉心内忧。

踏破红尘寻妙理，

晓得道在静里修。

心如止水性如镜，

元亨利贞四季走。

日月入怀穷庐阅，

顺天施义应气候。

◀ 电视剧《三国演义》赵云剧照（左）

动静中庸

动静中庸守太和,
自然道法混元歌。
四面八方神领力,
得意忘形身法活。

贺惊蛰

艳阳九九惊雷动，

诸天云气越飞鸿。

八方沉物梦中醒，

四季光影万古同。

贺"龙抬头"

御风驾雾腾云起，

地小天低沧桑移。

抬头再拜无极处，

返本归元造化奇。

乌飞兔走

乌飞兔走岁月迁，

空留古木梦云天。

冷梅寒宫知音伴，

歌馆荒台慕青山。

波若生

十载苦行波若生，

纳尽三才腹内盈。

千秋大道藏胸臆，

无为不争万事成。

蝶舞仙都

繁华如朝露，

喧嚣寂寞孤。

庄周梦蝶舞，

羽化奔仙都。

红尘度

烟霞柳岸亭楼仁，

倒影秋枫锁平湖。

残阳一点迎星系，

飞鸿破寂醒寒孤。

心放宇穹喧嚣远，

只缘身在红尘度。

作者 1981 年练功照 ▶

玉壶情

云闲鹤舞仙乡梦，
古柏苍苍玉壶情。
山水相依移晚照，
一壶浊酒醉人生。

青山常伴

落木萧萧行雁，

秋雨绵绵添寒。

冷暖人生常态，

顺时应序心安。

今古多少风云，

唯有青山常伴。

幽 径

曲径通幽寻晚唱，

喧嚣几度了春长。

万木相拥谁解意，

携风伴岁远乘凉。

时空无语

寒露秋深雁南飞，

神怡景醉勿忘归。

时空无语沧桑变，

心静阳足气自回。

盼秋深

小河碧水拱桥村，
倒影农夫犬吠闻。
日落耕牛妻子悦，
鸡鸣醒后盼秋深。

大智无踪

青灯孤月广寒宁，

禅心单影黄卷行。

大智无踪天地静，

合一守中道真经。

听风听雨

自性真空和禅心，
涧鸣谷响万古琴。
无形无象无妄念，
听风听雨听梵音。

江天难老

寒潭皓月佳音杳，

永夜飞鸿染枫萧。

烟水不问春秋梦，

江天难老云涯渺。

电视剧《法官潘火中》何志达剧照

作者生活照

独　醒

月半星稀竹影，

缥缈飞鸿孤行。

江河悲欢不尽，

广寒空寂长鸣。

暮鼓晨钟惊梦，

禅亭冷院独醒。

顿悟空灵自性，

缺圆共度人生。

春情秋义

万物惊秋鸿雁过，
沧桑古韵满江河。
莫道寒凉无情义，
收藏过后又春歌。

沙场萧萧

跃马夕阳云雁，

沙场萧萧烽烟。

将士挥戈御敌，

平定四海民安。

今古悠悠岁月，

多少忠骨青山。

张三丰赞

武当玄水藏三丰，

练就三宝黄芽生。

我命由我不由天，

无根树下长金藤。

晓得乾坤颠倒用，

始创太极一仙翁。

显化真人今何在，

混元一气会鸿蒙。

穹窿山赞兵圣

风华之年苏乡迁，

子胥知遇王纳贤。

天地大道藏胸臆，

雄著兵法十三篇。

穹窿山顶斗罡转，

悟透玄机兵圣欢。

道天地将法无上，

智信仁勇奇正严。

上兵伐谋非好战，

德化天下生灵安。

攻心降心谋上智，

攻城为下心战先。

古来圣贤皆遵道，

德铸千秋始末观。

柏举一战强楚遁，

功成身退山水间。

诗
篇

秋　劲

寒露叶萧秋劲，

风雨肃杀虫吟。

水碧枫红潭影，

弯月雁鸣传音。

故里乡峰牵心，

天下游子古今。

水火相亲

丹台明月仙机库，

清凉圣境藏阴符。

文烹武炼龙虎药，

巽风回吹旺丹炉。

自然无为真道法，

久静云霞映太湖。

水火相亲铅汞妙，

凤轝云车瑶池雾。

陋 巷

陋巷幽深显古韵，

宅中往事几人闻。

前世今生打此过，

是梦是醒两难分。

电视剧《水浒传》石秀剧照

电影《一刀倾城》大刀王五剧照（左）

文烹武炼

风行月影竹摇，

茶熟酒酣神飘。

一声鸿鸣惊寂，

青灯黄卷逍遥。

玉壶雷音虎豹，

文烹武炼道高。

定海针

寂欲凡尘造化真，

心闲自聚精气神。

美景春情秋入梦，

元阳固守定海针。

乐香居

旧梦浮云去，

心空万事虚。

性海合天地，

幽人乐乡居。

渊深实难测，

宇穹不可及。

五行颠倒用，

寿与天地齐。

大道藏胸臆，

八方赞玄机。

移星易宿

龙凤琴箫万古，

日月循环无住。

四季游走天道，

移星易宿穹庐。

乾坤坎离体用，

水火既济丹炉。

夏至贺灵宝天尊圣诞

阳极转阴移夏至，

理穷必变阴阳驰。

岁月如歌无情日，

腹内乾坤契天机。

千古飞鸿曲

雨静云雾移，

烟乡路人稀。

柴门闻犬吠，

落木寒鸦栖。

坠霞催晚照，

残阳醉枫怡。

千古飞鸿曲，

冷暖自传递。

一气阅长空，

万里星河浴。

孤舟烟水

晓日峰峦现，
孤舟烟水寒。
老叟垂丝钓，
云雾漫江天。

日月春秋

龙凤琴箫阴阳修，

万里红尘逍遥游。

千古兴衰如大梦，

唯有日月鉴春秋。

参　禅

酒醒春风竹伴舞，

天涯大梦冶归炉。

一觉参禅无上道，

红尘踏破御五湖。

◀ 电视剧《金戈梨园》"武松打店"剧照

天　心

秋鸿紫气绕穹庐，

久远无极冷玉壶。

始末混元谁凿判，

天心一柱了寒孤。

常伴红

春桃放蕊绽娇容，

水月松峰各显荣。

风度万花留美誉，

唯有画影常伴红。

诗韵扬帆

人生如戏戏如人生

舞台生涯几十载，

如梦如幻一灯台。

多彩人生古今戏，

笙箫起处畅胸怀。

心 灯

一张孤床常独卧，
头枕黄卷远五浊。
点亮心灯寻妙道，
红尘自有逍遥国。

大　雪

冬藏万物天地白，

萧萧飒飒冻地哀。

苦寒蜡梅傲风雪，

红颜知暖别样开。

是非红尘

是是非非红尘，

钩心斗角凡人。

上下三才同体，

唯有杜康解闷。

虚怀若谷

谁知寂寥琴音伴，

暮鼓晨钟涧水弦。

虚怀若谷真本性，

清风月影舞缠绵。

电视剧《金戈梨园》杨云升剧照

作者生活照

前世今生

水云潇湘过客悠，
几世修行渡船游。
芸芸众生梦里乐，
醒后随波滚滚流。

玉褐秋江

知音觅伴孤峰月，

陋室残灯夜影霜。

古道禅经延岁梦，

松颜玉褐渡秋江。

晚风香

心幽静默晚风香，
紫外桃园北斗罡。
倚山游目星云戏，
穹歌宇舞慰寒凉。

清凉秋韵

行雁亭楼木萧痍，

兼葭摇曳露霜凄。

水天共诉金秋语，

寒山只顾向春移。

幽　心

一伐山水取象，
同舟共济风霜。
渔樵问答利害，
幽人红尘逍遥。
天地光阴如梦，
游心无住春晓。

暖春江

风吹雪舞迎寒凉，

傲放天地蜡梅乡。

三季不知清冷意，

桃花又续暖春江。

心　寂

残霞日暮晚景息，
幽谷潭渊隐者居。
秀泉涧水瑶琴韵，
冬藏心寂木萧移。

抛魅影

朗月星空藏有无，

心止水静应冰湖。

花开花落四季走，

千村烟雨一画图。

了却红尘抛魅影，

雷惊梦醒慰寒孤。

诗
篇

电视剧《中国特警》杨智剧照

洞　天

寻青何必南迁，

塞外别有洞天。

雾漫群山枫醉，

江峰画韵羞颜。

心放宇穹探妙，

鸟瞰芸芸披寒。

朝朝暮暮苦短，

三季眼界自欢。

残阳戏

晚照残阳戏，

秋劲柳荫稀。

肃杀行天道，

风云变幻急。

游李白故里

醉罢亭楼赏诗仙，

游走江天晓未眠。

悠悠皓月玄天挂，

太白斗酒涌诗篇。

千秋月

亭楼伫望千秋月，

万家灯火有圆缺。

把酒琼楼思亲故，

鸿雁传书长空越。

独　木

风动云涌，

雨冷增寒。

秋劲蝉凄，

霜舞枫缠。

萧萧落木，

露染峰峦。

光影天地，

景醉万山。

怡然自乐，

独木幽观。

风 云

空山新雨，
风动云移。
春放秋收，
不老天地。

千秋大道

霞韵峰峦烟水雾，

涧下幽泉隐者居。

空谷足音清风浴，

千秋大道红尘路。

賦 篇

大中华赋

混元鹤御，无极太极。鸿蒙绽破，天开地辟。动静母子，圣胎结一。一元复始，四时盘气。两仪四象，浊清分离。故有盘古顶天立地，挥巨斧劈混凿沌，日月清晰，朗耀寰宇，璀璨星系。时间空间，诸星列序。宇宙生成，地动山移。光明纵放，交感二气。阴阳得以始判，地气升而恭迎。水火相亲胎湿卵化，草木川海自然顺序。故有天地纲伦，法度森严。天心一柱得甘露以沐浴，万物皆感恩于盘古之惠化。福身永驻，圣寿无终始，生生不息。虚灵道气，充塞于寰宇。施惠于八荒，上下三才，各得其所欲，列张循环行健不息。孝之为始，天经地义，芸芸万物，勃勃生机，皆感恩于无极老母之恩惠。祥云慈雨，造化流通，悲天悯人，以此彰显天有好生之德。巍巍大地，昆仑凝聚，万物蒙昧，淳风朴雨，滔滔荒荒，茹毛饮血。又有伏羲圣帝，太昊玄龙，仰观俯察，远求近取，河洛生成，演变数理，始创八卦。神明通达，万物情理，广大神通，万象万有，一念穿梭。龙吟凤鸣，行云施雨，虎啸生风，吉凶相成。故有水火二神争斗天塌，女娲娘娘悲心济世，炼就五彩以补天缺。母德之厚，恩惠芸芸，捏泥造人，坤德载物，母系文明，顺化延芳。人神炎帝，图腾凤祖，体恤生灵，遍尝百草。教万民之农耕，以利乐子孙。时有始祖轩辕，造化通天，敦厚敏慧，颖悟玄穹，接天续地以铸鼎兴坛。逐鹿阪泉，部落相融，振兵修德，使图腾龙脉绵延，始创华夏，气贯千秋，文明中华从此诞生，如星河瀚海，日月飞旋。时有天皇、地皇、人皇，三才定律。五行应五帝，东西南北中，青赤黄白黑，四时顺序，生长化收藏。天变地变，岁月圆缺，连山荒荒，归藏茫茫，虚白朗耀，万方和鸣，应时衍生。此神明传至尧帝，定历法，访贤问道，四方春融，恭谨德高。续之舜帝，孝悌起始，以德报怨，神象辅耕，四方宾服，圣明垂拱。中华热土，上下翻腾，冰消雪融，春江寒水，江河南北，洪水欢畅，成就禹帝。禹帝担垢，正受天磨，去私为公，疏洪归海，披荆斩棘，劳身焦思，三过家门而不入。圣德垂拱，以宾诸侯，方使万邦和畅，皆感圣恩。上述宗圣，皆我中华民族万圣之首，功德垂千古，子孙万代福。皇天后土，惠风和睦，然子孙贤愚皆在训祖离宗。而后至夏商周，成败峥嵘，缺圆共度，夏桀商纣之亡皆因背祖离宗。天纲地常，春花秋露，凤鸣岐山，又出圣贤，文王羑里，演卦探玄。六十四卦，周易承传。此时正逢天运封神，天下荒荒，万民悲怨，子牙出世，人中之仙，领命出山，灭商兴周，神魔混战，成就武王。磻溪钓鱼，文王拜贤，辅西岐文武奠周朝八百春秋。诗经风雅，梧桐凤霞，琴箫和鸣，天籁传情，高山流水，春波风行。五音流转，阴阳动静。又有太上老君，隐圣显凡，辅周著经，仙峰虚灵，驾鹤无形，始创万经之王。老子道德真经，五千真言，三才混元，丹炉慧顶，万法之宗。群灵之妙，玄尽苍穹，无为朴化，万代觉醒，育千秋而代代宗行。后至春秋战国，群龙无首，诸侯争霸，人伦失节，列国无序，道德失衡。圣人孔子，睿智通天，传五常，定三纲。诗书礼乐，孝慈人伦，育圣贤而顺化绵长，陈蔡抚琴，垢净担当。君子之道，祥和家邦。弘周礼而儒化群芳，百家争鸣，百花齐放，万紫千红，灿烂东方。庄周隐逸，蝶舞春光，自在逍遥，羽化飘飘，太和寻气，青海兴波。无己无名，铅汞尽消。真情本性，鲲鹏扶摇。南冥水火，海运苍苍。九霄直上，秋水寒凉。托物解丹，明道插秧。又有孟母三迁，育儿成圣。善养浩然，正气升腾。广居立位，天降大任。动心忍性而行天下之大道，威武不屈终成圣。富贵不淫腹内盈。日往月来消息盈虚，天地造化，真实不虚。兵圣孙武，隐居苏乡，子胥举荐，吴国兵强，雄著兵法，十三篇章，千军万将，定国安邦，上兵伐谋，好战不祥，进寸退尺，大道胸藏，柏举一战，强楚衰亡，功成身退，山水故乡。幽幽冥冥，玄妙莫测。山水相映，渊微洞彻，鬼谷宗师，纵横捭阖，至真妙道，闲云野鹤，游说八方，权谋六合，幽山玄水，混元太和，只因道德衰亡，群贤思辨，诸子百家，各抒己见，顺理成章，却未化兵戎相见，虽各持一方，终不离道种德生。然未生明主，进退无门，坐而论道，法度难施。凄凄惶惶，百姓遭殃，离乱之苦，满目秋霜，生灵涂炭，皆由私欲作乱。六欲逞狂，文明衰亡，离祖背德，为一己之私而失天下之利。乌云游逝，何处天日，泪雨秋江，日月无光。又有嬴政，号称始皇。虎狼之秦，六国荒荒。天下一统，文字兴邦。井田之制，破土开疆。焚书坑儒，暴君称王。长城俯卧，南北相望。兵役徭役，民泣上苍。风萧水寒，陈胜吴广。民弱国强，胡亥收邦。顺延楚汉风云，天下兴亡。

高祖斩蛇，大风豪唱。两雄相斗，三杰兴邦。谋士之宗，三难子房。黄石赤松，拾履张良，得传至宝，扶汉兴邦。霸王虞姬，绽血双亡。吕后专权，蛇蝎摄政，塞北寒凉，明主牧羊。鸿雁南北，暖江春水。了然三宝，兴邦黄老。一慈二俭，三曰不敢为天下先，此汉文帝秉承天命，道化天下二十五载，民得宽息，后称文景之治。又至武帝，大汉雄风起，争斗何日息，此汉武求仙心切，祖灵之上起造仙台，穷兵黩武，民不聊生，罢黜百家，独尊儒术。暮年醒悟，悔之晚矣，功过一去大梦寒袭。又有史圣司马迁，撰写古今列传。华夏热土，灵峰游转，绝顶山峦，阴水阳山，幽史明察，史实贯延，无韵离骚，君腾泰山。王莽篡位，祸国殃民。瘟疫流行，灾难频仍。谎言政治，民心难欺。心口不一，一命归西。失德缺朴，新朝梦凄。医圣仲景，撰配妙方。伤寒杂病，了然岐黄。望闻问切，恩惠八荒。时光轮转增岁月以延年，琼楼玉宇往来把酒以醉欢，酒圣杜康醉遍天地人间，红心赤面吐真言以推杯换盏，畅饮沽醪，醉倒刘伶三年。时逢光武中兴，王登九重，儒风宽泛，百姓安宁。天师兴教，五斗米道，步罡踏斗，驱鬼降妖，星移斗转，坎离玄妙。东汉西汉，顺至魏晋。三国群雄起，汉朝天数尽。文明得延续，汉隶魏碑诗书画印奇，遒劲文字，若轻风之回雪，似惊鸿之飞舞。水墨丹青，黑白泼墨恰似移海填缺，月明星稀，会山水以合唱。天人合一，往来畅情与云霞相依，羲之兰亭传后世以绽放生花妙笔，雅韵流转，南北鸿雁，阅尽枫叶缠缠，四季鸣唱，情义秋冬，运转山河缺圆。

荏苒韶华，谁驭天地人间？有道无道，明君昏君，一字毫厘，道定兴衰。有道则吉，无道终凶。仁人君子，竹林七贤，远离伪诈，啸聚山岗，惯看春秋。隐迹韬光，幽竹相伴，一醉忘忧。隋朝杨广，调娘戏妹，虽有修运河之功，但无人伦之序，昏庸无道，离祖叛德，无德称王，岂有善终，衰之必然。长江黄河，龙脉绵延，奔腾不息，海纳百川，兴衰治乱，天数当然。乱极生治，大唐贞观，时有世民济世，万邦朝安，清明祥和，虚心纳谏，文治武功，分明自然，兼听以明，国泰民安。胸藏大道，奇功又建，三教和鸣，风雅书卷。鼎盛丰功，春风回暖。时有袁天罡、李淳风推背归休，测有皇权武媚篡宫，政通人和，坤变乾宫，女王治世，盛世延兴。开元盛世，又至玄宗，文武之道，才略全通。声色自娱，歌舞升平。贵妃醉酒，百媚娇容。安史之乱，忏悔昏庸。裙带飘飘，帝王春梦。然大唐之兴皆我中华文明之盛，诗词歌赋，文思泉涌。古今留步，梨园春风。兴衰治乱乾坤移，汉治唐兴道归一。烟水云霞游墨客，国兴文武诗文奇。杜甫诗圣，乐府诗体，忧作诗泉，颠沛流离，心患黎民，寂寥依稀，草堂诗韵，语惊文奇。太白诗仙，斗酒百篇。飘然若梦，畅游大千。愁思明月，释怀心安。将进美酒，千古诗篇。江州司马，长恨歌篇。悯性悲情，油翁卖炭。失落闻曲，琵琶遮面。无声有声，沦落人间。流云掠水皆缘映，定数毫厘问宇穹。后主李煜，昨夜东风。故国回首，月明梦中。乱极兴，兴极衰，兴衰轮回，创业守业，公私成败。五代十国，离乱忧伤，气弱难扶，曲终人散。顺至太祖匡胤，巧计陈桥，黄袍加身。慈慧恻隐，文武明君。改朝换代，杯酒释权。夺威不与暴君同，明主一醉江山牢。智愚皆在中州善国富家小，美色珍玩乐逍遥。然天地无情，公私自判。日月互峥嵘，共舞兴衰梦，百代几朝安？幻化纷争悲古地，斗转星移青山系。中华大地，人文各观，虎斗龙争，轮流争端。民族各异，华夏家园。雄风浩荡，塞外天寒。大漠风情，黄沙漫卷。千里铁骑，飒飒光寒。骋怀南北，地动哀怜。横扫欧亚，成吉思汗。鹰击长空，傲阅蓝天。东西两地，一统江山。荆棘塞途，草荒元衰。又至群雄并起，洪武兴邦，千古一帝，又现元璋。吸风吮雪，历尽沧桑。黄觉弥僧，一变成王。伯温刘基，通晓阴阳。洪武赏佩，谋策贤良。皇后马氏，如同良相。从严治国，杀腐灭赃。霸气冲天，群臣惶惶。庆功楼前，冤魂飘荡。寡寂苍凉，思念后皇。专权政治，结党衰邦。兴衰治乱，崇祯悬梁。闯王入宫，贪色争功。短命政权，十八数终。长城关外，三桂迎清。女真兴起，北国清邦。康熙大帝，文武弛张。四海平定，国威兵强。中华文明，治国安邦。康熙字典，汉字绵长。雍正乾隆，兴后衰亡。气弱专权，内忧外患。腐败猖獗，国破家亡。晚清悲云，中山孙文。悠悠华夏，五千春秋。民国兴起，王朝数终。百年耻辱，中华蒙垢。日寇入侵，国共联盟。全民抗战，共御外辱。英雄沧海，喷薄日晴。中华大地，伟人领袖。万民自化，民族圆融。赞吾中华，生生不息。回首五千年沧桑岁月，强弱流程，治乱兴衰，承前启后，继往开来，华夏文明。风腾浪涌，忆往事若千秋大梦，往来依稀，若云霞万里阅秋鸿，荡荡乎群峰合唱，汤汤乎江海轰鸣，莽莽乾坤，天玄地黄。赞吾中华，雄风浩荡。天地混元，一气贯通。精魂聚首，再破鸿蒙。承接伟业，德铸千秋，斗转星移，岁月苍苍。善孝行始，循环无终。国人代代，守孝怀忠。虽有兴衰，暗流湍涌。华夏文脉，惠化千古无穷，若江河之不竭，代代恭迎，薪火相传，顺延伟业丰功。爱吾中华，无限江山，悠悠文明，流畅东风。修齐治平，警钟长鸣。盛世中华，万邦咸宁，沧桑古国，又现图腾。各担己任，龙凤合鸣。三才圣域，万象春容。祖德广大，紫气流宗。恒昌万世，觉醒苍龙。厚德载物，中华复兴！

2013 年 7 月 24 日于福乡居

天地赋

　　夫茫茫天地，皆由无极之母所生也。隐微无名，孕育圣胎，母肇玄黄。母者道也，道即无也，静极而动，始生天地。乾坤运转，天圆地方。夫天地者，阴阳也。故有无极生太极，太极生两仪，两仪生四象，四象生八卦，八八六十四卦，衍生无尽。妙有真空，神明四方，数理天机，星河瀚海，窈冥无涯，无限虚空，暗御鸿蒙祖气。虚白朗耀，清天浊地，实难穷其始终矣。天者，刚强雄劲，正义壮美，往来无痕，行健不息。含弘光大，日月轮生，普照万方。昼夜循环，风云雨露。迅雷龙挂，大公无私。吐五行之秀气，纳太和之灵机。播阳惠阴，乃万物之父也。

　　地者，顺柔坤放，载物德基，山川秀丽，江河淼流，海容百谷。万物生息，元亨利贞，生长化收藏。往来寒暑，四季推移。厚土广大而无疆，育群灵而各得其所欲，乃万物之母也。

　　人秉天地之浩然正气，当养德以顺时应序。刚柔动静，文张武驰，三才一柱，天道人伦，作息有常，尊卑上下，进退自如，谦下处世，顺境逆境，当以无为之心而化之。中庸平和，礼让推功，正悟天心。道法自然，言辞鸿教，效鉴始终，当明道垂文，窥圣宗经，孝始善动，乃天经地义矣。

　　夫天道地德，仰观俯察，远求近取，皆归纳于身宝。灵慧天真，可闻造化之奇妙，天人合一，山水相依，尽善尽美，胸中天地，宽泛仁和，物我同体，人己共欢，圣德心性，情志高远，天

◀ 电视剧《我爷爷我爸爸》杨运昌剧照

清地宁，此乃修齐治平之道也。

上下三才一气通，日月轮生互峥嵘。

厚德载物皆坤道，孝善人伦天地宗。

2015 年 1 月 3 日于福乡居

武当赋

昔者，周之大夫函谷关关令尹喜。仙缘天赐，道骨玄心。一日在函谷关，观星望气。见东方有紫气升腾，料定有圣人当过，便洒扫道路，焚香恭迎。次日果遇老子骑青牛而至，喜顶礼膜拜，恳请著书留世。老子亦知其奇，为其著万经之王，即《道德经》。喜如获至宝，不舍昼夜，潜心悟道。终拨亮心灯，朗然顿悟。心明妙现，探玄解幽，随之弃官归隐。为寻清静少扰之地，南行千里至武当。艰辛历尽，宿命天意，终归圣域。历千险而不惧，遭万难而无悔。至仙岩归隐，见幽幽莽莽，川鸣谷响。峰峦秀丽，霞舞云祥。涧水欢唱，尽放仙机。天为被，地为床，青山为伴。流水知音，仙山画卷，孤独盛宴。凡心断，玄心续。道心活，神明通。逍遥无碍，心灯万古，恒寂长明。为后人开智启蒙，直贯天地宗经。

隐仙岩上铸德基，水火圣胎道归一。因其至诚通天，坚而不退。终修成寒暑不侵之圣体，与天地同寿之真人。不食人间烟火之脏腑，完达妙相之金身。为众生寻求大道之光明。悟道尹喜，青羊桥上，又遇老子。随缘仙去，无影无踪。万世芳名，大道永兴。

真人尹喜功盖千秋，赞之，叹之。

夫大圣者寂，大智者孤，大有者无，大悟者空，大孝者无敌，大勇者无畏，大忠者无私，大德者盈，大仁者慈，大贤者谦，大义者利他，大道者万法之宗矣。

大岳武当，玄妙仙乡。时空转换，神明天降。昔者玄武神乃净乐国之太子，天资颖悟，异于常人。无意继承王位。十五岁离家，入武当山修道。得乌鸦神引路，至南岩，苦修四十二载，终得道成真。为一代天帝，称其玄天上帝。封号百字，晋升亚天帝之位。中途虽有动摇，在太子坡遇紫霞元君点化，幡然醒悟，心灵归一，寂寞修行，护佑苍生。弃荣华，抛富贵。往武当，归正位。练精气而凝汞铅，成正果而南岩飞。清冷冥想，道本孤寒。超凡入圣，一气冲天。合日月，智勇爽峰峦。慧达无极，俯瞰龟石山。七十二峰朝金顶，玄之又玄天外天。

嗟夫，榔梅树下发誓愿，铁杵磨针登玄天。春花秋月又冬雪，四季游走冉光迁。古道玄经延岁梦，修成大罗一金仙。至真妙道玄武帝，五龙捧圣万古传。荡平妖魔鸿蒙愿，福寿康宁万化安。龟蛇玄武水神祖，天南地北水天一。步罡踏斗星移转，渺渺苍穹阴阳旋。宇宙无涯万灵宿，天人合一妙道玄。清清涧水润圣心，仙缘万客朝圣山。火岩之顶风雷浴，水火既济坎离欢。

夫大寰宇之内，道为尊，德为贵。上下三才，无不一一寻根。法其地，法其天，法其道，法其自然矣。时有睡仙陈抟老祖，字图南，号扶摇子，亳州真源人。弃功名，寻福地，访武当，修真谛。隐逸九室岩，卧福，睡寿。隐修武当二十四载。五龙宫修真，采日月之精华，汇天地之正气。得五龙之睡法，终成大道。睡非睡，醒非醒，醉非醉，远离浊世静修行。创无极图，八卦生变图，阴阳指玄经。吟得诗句惊天地，瑶琴幽幽乐性情。服气辟谷二十载，一觉醒来大丹成。造化通天陈抟祖，修真悟道一仙灯。且看夕阳萧瑟处，几番风雨几番兴。

幽山玄水龟蛇静，坎离交会玉壶情。性命双修颠倒理，龙吟虎啸昆仑行。日月互明照丹海，火里金莲化真精。天根月窟巽风吹，三十六宫四季青。琼庐寂寞千秋影，露霜枫染睡鸿惊。

兴衰治乱乾坤转，移星易宿斗罡旋。朝代更替，山水怡然。元亨利贞，岁月绵延。缺圆共度，天地人间。

玄灵道魂，宿命牵心。太和福地，静待真人。

时至张守清，湖北宣都县人。自幼读经、习儒，灵根天赐。而立之年，辞官修道。入武当，习法术，宿命前缘。师承鲁洞云，承传师命，始建南岩宫。弘道法，炼金丹。后遇清微道人，得秘传清微雷法。呼风唤雨，夺天地之造化，神明四方，无不灵验，光耀仙山。修南岩，铸神像，大顶峰峦。九宫八观，巧夺天工，大显清微之圣境，苦修二十七载终成大愿。了道归真，无量功德，福泽子孙。

嗟夫，修南岩历千劫而不朽，佑华夏鸿运之千秋。传万古不变之大道，通水火铅汞之玄机。达三界合一之妙用，载文武和鸣之仙体。运神气三宝于鼎炉，结周天九转之大丹。御四象龙虎风云之道法，返先天复归无极之本源。

真人羽化朝玉虚，凤翥鸾翔驾云梯。霭雾飘飘游古地，南岩漠漠朝圣域。

夫道者，尚无为，法自然，隐微无名，通玄达妙。禅四时，释万有，涵盖阴阳，朴化群芳。御千秋，宗万法，德基万物，含弘光大。运日月，乘鸿蒙，孝始善动，无极母体，三才之源，乃宇宙万象之本也。

　　云海洞天紫霞舞，寿山福地白鹤飞。夫悠悠太和山，地灵人杰道脉延。时有三丰祖师，辽东人，名张全一，字君宝，号邋遢。龟形鹤骨，隐微藏形，行踪莫测。幽山玄水，玉褐秋江。四季一蓑衣，不分寒暑一道袍。显化真人，妙道神通，玄门大兴。观蛇雀相斗，始创太极十三式。丹道太极，彻悟天机。动静中和，刚柔相济。定海神针静极起，一阳发动活子时。夜梦真武授拳，内外兼修。文武不二，开宗立派。创太极，兴八卦，象形取意。意由心生，神游天地。无我无心，杳杳冥冥，化境合道，形神俱妙，意蕴悠长。或混元归无极，或动静游太虚。侠胆剑气，如浮水中身悬空，长江大河腹内涌。聚精会神意守中，一气贯通始与终。如流水行云，绵绵若存。柔弱如童体，一代宗师奇。

　　阴阳动静三才融，物我两忘道归宗。千古兴衰如大梦，唯有日月鉴春秋。时逢大明年间，得五代帝王仰慕，为谋一面，而百年不见。三丰祖师有诗证曰："笑比黄冠趋富贵，更无一个是知音。"夫隐逸之士如杳鸿，只闻其声，而不见其影。似龙凤传万古而不显，畅游于天地而不见其形。

　　世间权势皆浮云，富贵尘土几人闻。通微显化三丰祖，隐仙只与道合真。

　　赞曰：武当玄水藏三丰，练就三宝黄芽生。我命由我不由天，无根树下长金藤。晓得乾坤颠倒用，始创太极一仙翁。显化真人今何在，混元一气会鸿蒙。

夫大哉武当，日月同光。群仙荟萃，步罡踏斗。神农架前龟石山，真武玄天妙汞铅。太和神居武当道，一柱天峰傲云端。众星捧月万山朝，高贤大德拜圣观。内藏气海运奇功，福地流连神忘返。涧水长鸣会仙缘，龟蛇相盘性命坚。三丰种下无根树，我命由我不由天。

叹：悠悠华夏，五千春秋。黄老之道，再破洪荒。长江浩浩，黄河汤汤。文脉永驻，龙凤兴邦。指点迷津，大道苍苍。星河无际，宇宙茫茫。大同世界，善孝良方。

2022 年 6 月 1 日 于福乡居

赋篇

三教同宗

夫三教者，皆出乎一源。混同一气而各取其经脉，以孝行始，善化为终。

佛以空灵、无物、虚智而识有无，以解空寂之宗。驾慈云以行妙显，通因果以慧群生，行大愿以救众苦，了万缘以求解脱，列十界以鉴轮回，窥深幽以射光明，除影幻以归真寂，积诸善以寻乐土，标戒定以慧修持。内观求因，以不动求果，至穷极以清六根，闭贪欲以达无识，破泡影以求性空。以如是之观闻无我之妙。灵感随化，如是如来，见性灭缘，空寂长鸣，湛然清澈，法无定法，慈悲无门，以普度明心见性为本。扫灭六根，大智无踪，心生无量无边之净土，拔万俗之萃，以利众生之乐，闻声救度，是以一缘化万缘为宗矣。

盖闻道者，以至虚静极，三才统御，无为普化，德泽万国，而行使其至真至妙之大道。皆以动静阴阳，有无相生，含弘光大，隐微无名之朴，以兴万有之邦。运行日月以照无始无终。创太极应五行，以解万象之谜。上下相通，释万有以利万代千秋。禅四时，以惠群生。胎湿卵化，应寒暑以衍生。元亨利贞，生长收藏，皆以化育为宗。以此彰显无极老母之无限生机。道法自然，法度森森，不可违而求之。必以远求进取，内修外施，济世于天下者方能闻其道。晓万化皆生乎身，知万有皆存乎心。定数互表里，自然游纲纪。如此方能畅游于天地之外，逍遥于无始无终。夫道者，上其无为，唯无为方为统御之宗。身修万化，国体不二，家国同道，点潜龙之勿用，可渐达在天，飞至无极而知返，以归原为宗。乘鸿蒙以行丹海，运水火而行健不息。强内而施外，积厚德而载万物，方担大任，垢净同担，不祥自灭，此皆是大道之妙用。如此方能普善孝而育群芳，闻动静而知中庸，取无为而用善妙，铸德基而奠千秋，使德化归根，万国咸宁，方可和畅无疆。此即为大道之至广、至善、至妙、至微、至真、至虚、至极、至有、至无、至美、至孝之大宗于万灵之祖，而不为主无为之至尊也。

夫儒家之学说，应五行，顺纲常，宗人伦，取善孝，敬天地而克私欲，皆以修齐为始，治国平天下济世安民为终。夫仁义礼智信，皆出乎大道之外化与德之彰显。修身如农耕，春种秋收毫厘不差。制欲如剪修，苦痛而后为栋梁。齐家如理乱麻，无定力，无耐心，无长幼，无善孝，则不知人伦，无人伦则无规矩，无规矩则必无方圆，无方圆则治国无序，治国无序则平天下而不平，使之越治越乱。故而修齐治平皆取法于天道之法则与纲伦不二之本宗矣。如此方能达到内圣而外王，如此者，家齐国治，身修万化，如水照春容，日月同辉，清风秀怀，垂拱而无为。然群有万殊不同，必归于一宗。羞颜于知礼，慎独于情志，法定于心智，善流于无极，孝归于真朴，德合于无疆，三宝混元而素位同显，方可万邦无争矣。此三教皆同宗一流，皆为宇宙善孝不二之法也。

2013 年 1 月 16 日于福乡居

电视剧《曹操》关羽剧照

电影《大辽太后》韩德让剧照

兵家赋

　　盖闻兵者，无不先通乎大道，知晓阴阳，了然天地之起始，达识端末神明之智。平心静气，慧别万灵，统御游刃，一正一奇，一进一退，一动一静，一虚一实，一升一降，一刚一柔，一强一弱，一死一生，一体一用，以吉凶成其业。其初端皆是以护国爱民，上谋德化，驱敌护境，文安武定，文武并用，内外阴阳，皆出乎孝、忠、勇、智、仁、义之心，以解救生灵于水火之善举。如此生成大文大武不二之灵台，立英雄天地之大功也。气贯三才，义扫千军，知天晓地，运星移斗，顺天施义。察心施务，一兵进退，其势如狮虎，有吞天吐地之猛。有无难知，文通武达，勇谋奇略，方为洞彻阴阳之慧。动如龙挂，静若极阴，使敌不见其形，神鬼难测，万象归一统，不变应万变，此乃兵家之道也。地理山石，草木川海，日月星辰，皆是兵家之器。神魂无形，魂魄皆归于灵台，昭然于四方上下，大义通天，克己制怒，慧剑扫平私欲，心力融通四海。德威不战驱敌远，成败之数天机玄。审时度势应机动，运筹决胜大道渊。德朴孝根结善果，鸣唱春秋六合欢。斩钉截铁柔为道，当机立断文武篇。攻心降心皆为善，天下太平生灵安。善恶正邪一念动，兴衰治乱天数观。

　　夫将帅者，当有包天之胆，视敌如蒿草，胸臆藏万军，攻心在其智，夺城内外间。纵深在变化，因敌转化机。泰山心中坐，乾坤掌中握。肃杀惊天地，往来尽丹心。获胜双亡祭，止戈谋略奇。心念悲情起,惊退百万敌。不战驱兵苍天意,好生之德化顽敌。古今兴衰多战乱,生灵涂炭山河泣。萧萧沙场英魂远,笑阅清明江天染。裹尸而还壮士义,英雄血浴江山续。战士风骨如天地,强敌不灭魂不息。斗转星移岁月去,荒原默默芳草萋,忠骨千秋遗旷野,英灵代代芳名誉。

2014 年 2 月 16 日于福乡居

兰亭赋

夫古今书家之大成者，当首推书圣羲之矣。其书蕴藏中和之美，涵盖阴阳变化之道。其笔韵如流水行云，出神入化，而不失其森严法度，令后人代代宗循而赞叹不已。由此追溯至永和九年（公元 353 年），天运岁逢癸丑暮春之初，文人雅集，群贤毕至。竹海翠波之间，品流觞曲水之韵，心神旷达高远，极目玄穹，畅叙幽远怡然之情志。羲之逸少故而挥毫作序，妙笔生花，自然天成，笔若龙蛇，章辞丽彩，凤舞春波，清风秀怀。游目骋怀于天地，情志畅游于寰宇，放浪形骸于三山五岳之巅，心通神明，达妙于无极。乐苍穹，秀胸海，填缺于日月之间，行运于星河瀚海之外。风雅竹君，一觞一咏，醉泻诗篇。赞春容之秀丽，怜世事之无常，叹光阴之飞逝，悯鬓上之白霜，悲秋之寂寥，慨老之将至。感怀天地之光阴，岁华无声，死生互梦，古今同眠，婉约不尽，唯诗文可春秋共感。悠远绵长，余音无尽，萦绕始末，赞之叹之！吾撰写《大中华赋》之时，也曾重彩魏晋之风，赞汉隶魏碑诗书画印之奇。

"若轻风之回雪，似惊鸿之飞舞，水墨丹青，黑白泼墨恰似移海填缺。月明星稀，会山水以合唱，天人合一，往来畅情与云霞相依。羲之兰亭传后世，以绽放生花妙笔，雅韵流转，南北鸿雁阅尽枫叶缠缠。四季鸣唱，情义秋冬，运转山河缺圆。"顿挫阴阳，乾坤造化，血脉相融，山水共舞，尽现书圣秀墨之韵。一

诗韵扬帆

眼兰亭，晚辈慌慌提笔，不求成其就，只怕遗憾千秋。故尔命笔作赋于乡居书院，以表敬畏之心。

2014 年 6 月 7 日于福乡居

关公赋

　　盖闻三才之气者，皆以大义贯通于始终矣。夫古今之圣贤虽各成其就，无不以文称英，以武成雄，文武并举方可行其道也。道者一也，宗一者，方可与道合真。真者至诚也，诚者孝也，孝始善动，进退分明。忠勇智通，如日月高悬朗耀寰宇，心明达妙，行健于无始无终。光明天地，照鉴春秋，四时来去，有无承载，德积功成，皆是道御义行也。夫明大义芳名亘古义人之称者，唯关公也。英雄一气，桃园结义，初衷不改，始终如一。然天地四方，英雄豪杰各异，阴阳黑白，富贵贫贱，虽各行其道，明暗之中，无不效鉴云长之义。圣帝春秋，威震华夏，赤面长须，丹凤卧蚕，不厌尊卑之奉，上至朝政，下至黎民百姓，无不宗行道义，各得规矩。孤寂苍穹，英雄行义，悠悠千载，佳话绵传。虎牢关前，三英战吕布，温酒斩华雄，青龙偃月，一刀除乱。屯土山三事之约，曹营十二春秋，上马金，下马银，岂改初衷？秉烛达旦，君子风范。斩颜良，诛文丑，过五关斩六将，赤兔追风，千里单骑寻旧主。贯长虹、驱日月，神威凛凛，浩然正气，鬼神泣战，古城挥泪相逢，乾坤静默，诸神喝彩。至华容放曹，义薄云天，汉寿亭侯，春秋大义。单刀赴会，水淹七军，固守荆州，日夜思兄念弟。麦城遇难，虽身首魂各异，然英雄义气充塞于天地浩宇，混元于四维十方。忠魂荡荡义不尽，法相威严惠古今。天地悠悠行正气，公心风骨化金银。而今渺渺千年飞去，晚辈思

诗韵扬帆

公赞义,庄严命笔,赞之又赞,叹之又叹!虔心唤公,追忠寻义,刚健雄魂,忠义千秋。茫茫天地,往来古今,清风惠雨,笑化千莲,皆是念公之意。

138

2014 年 2 月 14 日于福乡居

大乘拳赋

　　夫大乘觉悟拳法之妙，在于宗天尊地，孝始善动。心慈智勇，精魂内守。阴阳二气，动静弛张。流水行云，混元太和。松静自然，吐故纳新。动可与云霞伴舞，静可与山水相依。上可摘星揽月，下可入海寻珍。甘露纷纷，润心浴性。二气交感，四方相应。八面春风，慈云缭绕。天冲地迎，远求近取。拳来脚往，开合收放。气血流通，妙现心明。周身鼓荡，生发不息。气运河车，倒骑白马。星驰旋转，归道还无。性命坚固，云松雾鹤。元阳丹海，玉壶白雪。神气相抱，龙凤和鸣。花香锦地，寿添福延。德善仙乡，慈云妙显。观海听涛，潮音洞庭。乾巽月窟，天根永固。龙吟虎啸，无碍神明。颠倒阴阳，天童不老。久练功成，震宫雷动。极乐星光，日月互明。万光内照，智达无疆。玄都慧放，天人同乡。大乘气象，返璞千祥。运流光，荡穹庐。云水禅心，觉悟天真。

2015 年 4 月 25 日于福乡居

赵云赋

　　夫古今之将士，威声千里名扬四海者不计其数，品貌同炉，福寿同铸，胆包日月，常胜不败者，当首推常山赵云赵子龙也。其貌如拨云见日晴朗无瑕，姿颜雄伟俊逸拔俗。武功盖世，忠肝义胆，光明心性如寒潭照月，冷毅豪情。胯下炭雪白龙驹，又称赛龙雀，枪法绝伦勇冠三军。自随使君之后，赤胆忠心，高风亮节，虽功齐关张有蜀国长城之美誉，然其品性忠良，贤者之风，厚重大局，知进知退，此不争之德古今传颂。

　　玄德携民渡江，君正臣忠，君仁臣义。子龙为救危主，单枪匹马，勇战曹军，如入无人之境，七进七出，杀得天昏地暗，如风卷尘沙。其枪法若舞梨花如飘瑞雪，又如落马朝阳，百鸟朝凤。青钢剑、蛇盘枪，砍、挑、拨、刺，恰似点点繁星醉落人间。当阳长坂，征袍血染。气贯长虹，危主安然。后至东吴招亲、三气周瑜、截江夺斗、随孔明吊孝，子龙将军刚正雄壮直言敢谏，国仇为重，私仇为轻，火烧连营七百里，神勇救主，至白帝托孤，尽献丹心，丝尽而终。千年一去不复返，留得芳名代代传。百战百胜子龙誉，常胜将军福寿绵。

2014 年 12 月 3 日于福乡居

忆慈父

韶华荏苒，星移斗转。念茫茫天地，一别两界。二六春秋，叹岁华催鬓，人间天上，缅怀之至！

春秋游逝，和风细雨。忆童年，追往事，泪花寻梦依稀。浮现慈父尊影，万端感慨，倾盆如注。叩谢爹尊严教善化数十载之恩！艰辛育儿，树德培基。而今清风细雨，明月相伴，万种孝慈尽放玄穹。暖阳风和故里，尊影足迹祥光。抬头望远，再忆慈容，赞爹尊——心宽似海，雅量仁德，扶危救困，济世安民，屈己待人，钢铁意志，善孝家齐。叹爹尊一世艰辛，遇难无畏，遇强不低，品德高尚，百味人生，德铸家风，言传身教，勤劳节俭，穷不乱性，富不贱贫，得意而不离群。

自幼随父驱车驾马，游广草，荡白云，挥钐刀，打草捆，养家糊口，汗水浸透衣襟。蒙古包，白干儿酒，沧海量，醉地祥天，牛马羊群百鸟欢。红河水，牛肉干儿，推杯换盏，屈伸自如，万丈豪情，苦乐皆忘，把酒尽欢颜。

再忆慈父，热血铁汉，英魂归天。情到此处，双星化雨，泪洗衣衫。慈容远去，教诲铭心，恩德永记。儿定当明德格物，传人伦续家风，世代相传——

儿忆慈父，神游千山万水，觅影春夏秋冬。塞北寒凉冰雪，魂牵广草追踪。

诗
韵
扬
帆

　　智无疆，慧云腾飞，行健载物心不悔。祝爹尊，福如东海，
圣寿无量祥云随！

2014 年 3 月 29 日于福乡居

祭母文

呜呼吾母，辞世京都。八十有八，坤叠寿终。一生素俭，贤良楷模。德润子孙，儿女六顺。五女一子，一生艰辛。苦辣酸甜，百味人生。高洁淡雅，白雪阳春。悲心济世，圣洁芬芳。守贫耐富，品貌端庄。教师职业，育人优良。五八右派，二十春秋。七八复职，六十离休。相夫教子，丝尽方休。东西南北，子女四方。各尽孝道，忠报家邦。呜呼吾母，离世儿慌。贤德至圣，莲品一生。坤德厚母，育儿至尊。儿知天命，母踏莲花。千丝万缕，雨作泪花。牢记教诲，一世不刷。赞乎吾母，载物传家。人间天上，六合通达。暖阳故土，风和月光。死而不亡，圣寿无疆。水悠悠，情悠悠，母子别离天地忧。山悠悠，云悠悠，音容笑貌乐悠悠。泪蒙蒙，雾蒙蒙，荒原碧草烟雨蒙。风萧萧，松涛涛，福如东海寿云飘。暖风吹，和风惠，飘飘瑞雪枫林醉。天无极，地无涯，儿乘风云赞母佳。天行健，地势坤，载物不息母宽心。孝行始，善为终，善孝循环天地宗。常行云，常施雨，儿寻慈母千山旅。思无终，念无终，儿报家国母增荣。

祝母亲一路走好！莲花吐蕊玉洁冰清月圆驾鹤垂千古，故土风和祥云惠雨暖日春光育后人！

2013 年 7 月 25 日于福乡居

道法自然

夫道者，隐微无名，德朴含冲，无内无外，而兴万有之邦。以静为宝，充气为和。动静中庸，含弘光大。诸星列序，疏而不漏。运日月于无形，藏匿于万有之内而不显。迅雷烈风，慑服群阴。至私至公，普化众生。托物成丹，光照生金。水火相交，行健不息。东和紫气，西行肃杀。四季交替，生长收藏。南明北暗，朱雀玄武。先天后天，中男中女。颠倒数理，和充太虚。万法之宗，群灵之妙。静极而动，真情大现。一阳发动，鱼鲲荡气。化鸟成鹏，怒腾万里，翼盖万乡。压蒿雀于残枝，荡灭无明。南冥水火，仙台雾漫，逍遥于无始无终。此道，难迎，难随，难测，难料，难解，难译。顺生逆亡，不可违而求之。必以方便善孝，道法自然，可接天续地，此乃万古不衰之智也。

灵　悟

夫接天续地者当先明其道，牧人兴邦者当先积其德。道之高在其无为，无形无象，方可御天地，运行日月，成其无为也。然可道之不同，乃人间社会之道。可变，可化，有兴，有衰，有治，有乱。如人有生老病死，或成，或败，或圆，或缺，消息盈虚，故非常道也。

夫道通千秋，日月循环，无始无终。四季交替，生长化收藏。元亨利贞，行健不息。乾坤运转，阴阳二气升降。生数成数，互交互感。胎湿卵化，森罗万象。飞潜动植，乃天之至私，用之至公矣。此皆是道妙无穷，成其自然无为也！故曰无为而无不为矣。

赋
篇

看新版《笑傲江湖》感怀

山青青，云悠悠，水天一色，醉遍红尘风流客。华山险，刀锋寒。剑气萧萧，凤舞龙跃群峰贺。黑木崖，幽风刮，蒙蒙晓雾，暗藏百草鲜花。日月明，星空朗。绽放天香，春梦独行过韶华。阴阳动，双侠情。出生入死，别恋牵心泪双盈，令狐冲，东方白。一思一念，正魔两路自分开。春心动，红颜衰，爱恨情仇，尽诉古今婉约怀。冰湖寒，红心暖。倒映娇容，枫林血染方寸酸。人间天上，琴箫传音，倩影飞鸿掠霞彩。霜露滴滴，恰似秋雨打醉花残。画梦里常现玉面，似清风柔雨，空荡荡，丽人归去，断了销魂曲。唤回眸，一见双波，百转愁肠，似双湾活水又现梨花带雨。

游函谷关感悟

    道可道，非常道。道，无极。可道，太极。无极鸿蒙，元始祖气。不生不灭，乃运化万物之母，恒常不变之道。太极，人间社会之道，有兴有衰，有治有乱，有生有灭，最终皆回归于无极母体，即真空。真空不空，真空之中有妙有，妙有之间游真空。今函谷关一游，感慨颇多，饮千年之甘露，纳万古不变之智。阅沧桑，品清凉之孤寒，体道之自然无为，感四季之变化，观日月之圆缺，大悟，特悟！天下之物生于有，有生于无。此乃道御红尘，红尘即道矣！

文武和鸣

　　夫武之大成者，当先立其天心，秉承天地之正气，养其德以行使其大义。内外兼修，性体圆明不亏。精神内敛，百脉畅通。刀剑生辉，拳来脚往。意行八极，采万象之灵气，纳鸿蒙于元海。水火既济，坎离交会，心神合一。内练一口气，外练筋骨皮，以和天地之精神。以武入文，以文化武，使文武和鸣不二，皆归之于道。方可乾坤同体，天人合一矣。

论大丈夫与圣贤

　　夫大丈夫者，谋天地之端末。树乾坤之浩然正气，以养心智，正心修身，正己化人，以惠亲疏，正大光明，正气凛然，以报家国，心怀仁义慈惠恻隐之心，以利万物。远求近取，足不出户，其智可达天际，心平气和，泰然自若，尚无为，法自然。可使万灵自宾，如此心性者，乃大丈夫与圣贤也。

厚 德

天际之旅，杳冥无涯，唯鸿雁可传其情，紫气东来，斩冰破寒，一扫媚妖之气，方知不神之所以神，此皆为定数之表里，自然之纲纪。品类万物，各得其所欲，乃道之功，德之效也。悠悠千载，文明绵延，皆为华夏之根深气壮，祖德之厚，广大无疆，含弘光朗，一贯无极也。

秋

　　熟之季节，四时之准确，真实不虚，此乃法则之定律，不爽毫厘。唯有顺势而为，自然归朴。秋之俊朗，杀中含生，皆为金义使然。白虎之威，势不可挡，扫熟万物，皆收之于秋。凶中藏吉，此为利之本也。

水墨丹青

观笔韵，朗心性，情志流通。绘丹青，游山水，恬淡峰松。凤凰舞，移花木，运海填空。龙飞天，祥云度，紫气游宗。东风起，碧波荡，流转相融。惊鸿跃，醉长空，回雪寒风。提顿挫，互阴阳，洞彻千秋。苍魂曲，颂韶华，雅俗同功。

乐秋收

　　盖闻，天下赞春者不计其数，而吾之不同，亦乐于秋。秋者收也，收者成也，看似凄凉，实则不然。春乃表象之美丽，秋则不同，而是内在之成熟，故吾赞美秋季。秋之枫叶有如血染，似人之心性，宁静而沉着，致远至极，无着无落，无半点虚华与矫揉造作；如天地之混元，无分无别，不离不弃，幽远贤达。落叶知秋，人生几何？叹时光飞度，喜迎收藏。乐平生之壮美，悲人心之不古，哀滔滔之江水，流不尽忧思万古，淌不尽风流人物；赞山河之秀美，明有无之奥妙，乐其微明，喜其盗机。愿中华复兴，平生无憾矣！

醉卧重阳

　　醉卧重阳之巅小憩，观秋风肃杀横扫大千。落叶萧萧，枫如血染，叹人生几度秋凉。魂绕寰宇，仰观俯察，梦游无限虚空，醒来茫然一片空寂，一点残阳下西山。望苍穹，见繁星点点，应万家灯火，炊烟袅袅，夙兴夜寐，人伦之序，寥廓江天。

日月同辉

　　日月同辉，阳德阴灵。日月双食，乃万物之灵昏昧，食灵物以招疫情。自食闭户，若思悔过，开蒙启智，除去无明，当知物我同体与万物同乐，乃众生之幸，自身之幸，人类之大幸也。莽莽苍苍，天玄地黄。重善惜身，德泽万物，共度春秋，四时顺序，否极泰来。天道地德，载物传家，知行知止，知进知退。皓月当空，旭日长歌。礼仪之邦，道德之乡。千秋共舞，岁月吉昌。

云水遥

夜深风紧，知花落，万木舞残枝。但见虚空，缥缈飞鸿杳，群星伴月娇。黄道妙吉凶，斗丙动天罡。松鹤幽人仁，穹庐紫气孤。蓦然回首望，萧萧云水遥。

孤舟神游

　　画韵金秋，醉染霜林神游。情志难收，怡然幽远心无止。诗篇怎解仙山意，罢罢罢！独木追风行万里，天人合一驱百忧，阔江天地千愁散。骋目悠观紫气流，飞潜动植伴我一孤舟。

本　源

　　踏破红尘，鸟瞰世间，见凡尘滚滚，悲从心生，泪流不止，叹：众生何时度尽？顿觉孤立无援。沉静片刻，忽听雁叫凄厉，心神随之寄向远方，去寻觅知音，但见浩渺一片，无所着落，便独立于天地之间。怀抱日月，见太空如洗，心中豁然开朗，顿觉大悟，原来人间乃尘埃一片，万物生于土而复归于土。我横跨大千世界，越过渺渺千年，去追本溯源。观古往今来，苍穹万象，人间万事，乃一树之果而已。何为一树之果？即不变与万变，万变不离其宗，天地人原本一脉，即万法归宗矣，我本众生，众生本我，我本宇宙，宇宙本我，彼此相抱，圆融一体，万念归一，一归于无，方能畅游于天地，纵横驰骋于太虚而无所不为也。此乃吾即知音，知音即吾，何必求远乎？

君子之道

　　论贤人君子之道：内修外化，畅达世情，通万物之终始，了然兴衰之道，欲望有度，虚心宁静，德合天地，和谐万灵，物我同体，乐山乐水，无分无别，守孝怀忠，赤子之心，同心同德，回报家国。

叹秋风

　　人生路漫漫，世事缺中圆。故，越缺越圆。仰观太虚无住，心中秋风苍凉，丈夫长啸惊天地，问鬼妖敢显？大德充塞天地间，横扫天下尘埃。鸟瞰世间了然四达，方知明道若昧。见秋风遍地洒疮痍，人生苦涩尽在一笑间。回首秋风，低头插秧，反观水中有天。方知退步原本是向前。长叹一声吞山河，见周而复始生生灭灭，无尽无休矣。怅然回首，无愧天地，进寸退尺，三缘四正总在先。愿众生得乐，复归鸿蒙。

侠　胆

　　铮铮铁骨，侠胆心孤。剑气扫妖尘，正气复人文。江河浩浩，人海茫茫。乾坤兴衰舞，定数问穹庐。爱恨情仇，阴阳动静。把酒祭青天，古今云梦迁。

太和灵机

　　练精，练气，练神，三宝归一。内三合，外三合，六合神移。拳打卧牛之地，气吞万象太和。自斟，自饮，自醉，三才共枕。自悟，自醒，自觉，自性天真。心空，身空，性空，身心之外无真空，妙有玄宗。天人互动，有无相生，吐五行之秀气，纳太和之灵机。

贺 "龙抬头"

乘风云，御诸天，咸宁万国。破万法，归一宗，善孝中和。度沧桑，无苦乐，抬头远望。心性渊，道焉存，无限春光。乾坤小，寰宇虚，天人合一。踏日月，驾鸿蒙，众星朝贺。

赋
篇

词曲篇

一剪梅·雨打情愁

碧水孤桥万木萧。风戏波缠，倒映枫柔。羞颜醉面怨秋寒，雁去知时，把酒亭楼。

对影成双各自修。一曲琴箫，两地情愁。花容月貌晚悲秋，岁月悠游，雨打霜收。

菩萨蛮·喧嚣曲

春城别曲喧嚣泪，空留古木延眠岁。远望故乡天，近听云雨缠。落花随水去，几知东篱凄。朝暮叹残余，秋风情梦移。

[双调·天香引] 青山

问青山昔日如何？朝也风和，暮也风和。问青山今日如何？朝也霾魔，暮也霾魔。昔日也画图里龙凤同飞山水活，今日是两三日雾霾临大口吸喝。人世蹉跎，如梦如歌。昔日青山，今日烟波。

西江月·染枫醉

万木霜天云淡，景怡心醉神闲。染枫萧瑟骋怀观。秋雨连绵无限。

怅寂叹游寥廓，漫山花谢翩跹。梦抚大地燕寻欢。惊醒愁人一片。

最高楼·晓天诗

日高照，把酒大江驰。黄鹤杳音稀。楼亭乐曲游人惬，怎知风雅颂吟凄。问何愁？千古久，醉心痴。

青云处、看回风卷雪。青云处、见狂风卷夜。愿心了，水山移。万花怒放仙台悦，落花残没紫宵奇。待纯阳，行万里，晓天诗。

忆旧游·无痕

品茂林竹韵，迎送春风，曲枉无痕。动静处琼楼玉宇，骋怀探妙，流转祥云。心融万物惆怅，陋室几相闻。叹上下浊尘，情丝盘怨，朴散留闷。

看乾坤万象，影梦落残枝，冷暖情真。风花雪月雨，净沉冰寒侣，谁伴孤君。松峰水幽云雾，一涧洞天文。又把知音寻，青山几度花落人。

点绛唇·春雪

甘露滋心，泰开瑞雪清风缕。倚山观局，旧梦浮云去。

流水冰湖，烟雾闲愁树。芳香路，应时播谷，情系春花舞。

中吕宫·仙道成

山漫红，雨秋风。深谷幽宅云雾松。藏秀泉，烟水蒙。丹气隆隆，羽化别离梦。

南歌子·待纯阳

塞北银国雾，冰河晓树霜。醒春三月暖回光。照得冻天雪地撒寒凉。

万里云霞梦，成真大道乡。望观蝶舞辨南庄。且看那般，晚意待纯阳。

转调踏莎行·正气回卷

大义春秋，长虹气贯。威风行万里，丹凤眼。蚕眉倒竖，红心赤面。忠义亘古、隐微达旦。

温酒诛雄，一刀除乱。问今古将士，谁称冠。青龙偃月，鬼神泣战。华夏大地，正气回卷。

词曲篇

苏幕遮·明道

紫云天，芳草地。独沐清风，骋目神游醉。心倚千山吸万水。情志悠然，收放玄黄外。

太极分，忧古思。岁月如飞，明道祥云会。日月峥嵘谁为己。醒梦骄阳，动感生灵泪。

潇湘神·天地奇

天地奇，天地奇，上穹点点斗星移。宇宙寂恒银河瀚，凡尘动止契天机。

破阵子·家国报

踏雪骏骄信到，干戈四起敌骁。千万里尸骸遍野，落得魂灵上下萧。角声远近高。

血性男儿剑鞘，英雄立马横刀。扫尽狼烟家国报，乐罢功名遁世遥。漫天花雨飘。

沁园春·道

鸿雁归飞，阅尽江天，乐罢宇寒。叹寂寥无染，谁能动静；

去留几度，道气悠然。古往今来，盛衰定数，莫把牢骚伴酒欢。鲲鹏翼，怒腾千万里，直抵冥南。

蓬蒿燕雀忧残，只把那枯枝败叶安。看垂天羽健，境无荣辱；水击千丈，海运程远。圣誉天成，真情本性，鸟瞰芸芸万象观。扶摇上，有无皆共御，道法自然。

巫山一段云·飞鸿泣

古地飞鸿泣，秋芦落日天。冷烟寒水共缠绵，霞晚互丝连。雁曲惊猿梦，风云露霜峦。江川不尽久悲欢，谁见旧家园。

朝中措·秋韵

平湖云静影双同，风度漫山红。雁际霜天南北，川江秋韵千峰。

飞鸿一气，惊鸣万古，阅尽长空。莫道晚霞残梦，循环日月无终。

南吕宫·一枝花福禄寿

天边落日霞，晚曲飞鸿画。烟山火云红，湖水映峰青。心乐音行，圣域仙台静，幽人眉鬓霜。愿栖千载鹤鸣乡，寿天禄地福运醒。

青玉案·旧梦

春风送绿芳香度，入千户、无声雨。夜近子时追忆曲。故云心动，影随绪转，旧梦韶华目。

霜添笑看人生路。不老青山晚霞去。晓跃骄阳惊陈雾。怅然回首，去留定数，静待残花舞。

南吕宫·四块玉望仙台

紫岸边，云霞漫，过往幽人望仙台。远山近水闲愁外。烟雾开，龙凤来，天地裁。

仙吕·哪吒令日月情浓

闻风飒飒厉鸿，鸿鸣寂寥空；秋瑟瑟峻容，容颜朗月松；落缠缠叶枫，枫飘漫岭红。有谁懂暖与冷情更浓，有谁懂日与月阴阳动，惊得那醉眠人各奔西东。

水龙吟·醒春

醒春万里晴空，寻青踏翠心无际。烟村水雾，忘忧了恨，光阴推运。旧故城楼，雁鸣云曲，思独栏倚。把功名射好，春秋不变，唯德贵，风云戏。

去留无言进退。问祥云，何时醒醉？田间地上，四时盘宴，阴阳二气。动静旋鱼，黑白沐浴，忘机无已。唱人生冷暖，怡然贵贱，笑谈无泪。

行香子·望月

桂树合伤。宇舞寒凉。望琼楼，斗转天罡。玉娥寻梦，后羿情长。箭羽追红，孤秋夜，影无双。

渺渺烟江。水曲枫霜。千杯举，故里身旁。思亲问月，几许风光？雁叫莺啼，佳音至，寸心慌。

河渎神·雁曲

雁曲破残霞，际涯天地芦花。日昏云雾过流沙，画梦何辨真假。

大漠寒烟迎远客，滚滚黄沙面颊。古道楼台烽火，马鸣不见千家。

上行杯·秋

秋露寒天行雁。霞光远，厉厉声缓。今古别离肠寸断。

烟山雾隔千万，夜风月圆孤灯盏。抚案，思绪转，梦难安。

电影《一刀倾城》大刀王五剧照

电影《大辽太后》韩德让剧照

忆秦娥·妙越

花飞谢，鸿雁际涯穹庐阅。穹庐阅，繁星冷夜，广寒秋月。

清风寂宇愁思绝，凡尘古道苍山雪。苍山雪，幽心乐罢，妙游神越。

谒金门·秋韵

寒凉浴，萧瑟一湾秋水。枫漫岭红空寂宇，雁过云霞瑞。

回望江川独戏，掠影斜阳西坠。终始古今游梦忆，未醒难知意。

西江月·日出

玉兔栖寒眠月，闲云游雾漫天。朝霞托日破漆残，万丈光芒似箭。

气转暖回鬼遁，雄鸡晓唱明还。道临久住荡蹁跹，扫尽魅妖形变。

浣溪沙·一壶修

淡淡清风水月楼，静夜天籁望琼幽，月宫寒意影空愁。

宇舞星光云伴梦，无涯天际几人游，笑谈三界一壶修。

浪淘沙·同道

秋雨意绵绵，峰岳披寒。幽山涧水舞琴弦。空谷洞箫龙凤浴，乐罢江天。

美景自循环，骋目悠观。有无同道各悲欢。鸿雁际涯寻古地，朴化人间。

诉衷情·孤舟行

孤舟两岸翠风楼，骋目畅神州。霓裳伴梦朝露，追忆故交秋。

独慎戒，欲情收，际空游。水波同调，萦绕绵延，天地如舟。

江城子·春雨

醒春三月静心凉，雨烟乡，雾松苍。隐界神游，德化万千荒。道气长存寻旧守，足不户，晓东方。

阔江天地两孤香，乐声腔，影竹窗。茶韵琴筝，壶内了沧桑。醉罢琼浆邀皓月，回首怅，鬓秋霜。

南歌子·本根乡

椅待游人顾，春花寂寞窗。几重烟水见霓裳，谁把这般美景入心房。

古往今来事，云行万里江。过功一去似流光，只愿落花恋旧本根乡。

水调歌头·今古

云梦今古事，勿览千秋烟。遐思潮绪涟涌，风雨度秋眠。沧海桑田多变，无限虚空谁染？日月互峥嵘。共舞兴衰梦，百代几朝安！

离幻化，寻妙道，自怡然。放怀高远，乐罢寰宇醒孤寒。了却凡心一念，回首怅然无怨，苦酒似甘泉。醒醉何须问？一笑化千莲。

卜算子·慢秋劲

行江渐远，烟锁木萧，两岸红枫泪。雨后寒蝉，叶舞万山秋戏。醉亭楼，目送残阳里。问晚景，黑白昼夜，循环果报谁译。

四季乾坤移，浩宇弄风情，法则不二，数里天机，落霞怎知愁意。雀鸦叽，何问春秋义？罢罢罢，红尘万象，去留谁看戏？

南歌子·秋水

暮色闲愁远，芦花荡衬乡。翘观残漠水秋凉，惜悯那般晚意送斜阳。

古韵心猿梦，孤寒冷夜长。月明星渺慧八方，惊醒醉人悲闷又添霜。

满江红·兴衰阅

雾海云乱，流连处，荒荒界天。游旷野，鬼哭神笑，荡魂嘻谑。朝露合鸣云雨谷，花随水去空留叶。落冷缠，别了梦香楼，忧残夜。

洞箫止，离月雪。除影幻，风花谢。驾闲云伴鹤，放骸三岳。旭日群阴迎紫气，浩然横扫千秋雪。问秋鸿，几度旧山河？兴衰阅。

渔歌子·绵岁

乱云天，飞鸿醉，亭楼晚唱江风起。柳荫间，双蝶戏，水舞风情游艺。

弄瑶琴，闻涧曲，琼楼玉宇孤寒意。月圆移，日盛西，进退有余绵岁。

蓦山溪·清明忆双亲

泰来春味，雪落禅云过。回首忆双亲，九天阔，孝牵泪烁。呼琼追月，诸星叹无涯。怅寂寥，神游客，今古思难撤。三杯酒醉，一觉乾坤大。醒后问轮回，鹤鸣谷，乐传音和。阴阳二界，觅影仙峰活，彻悟道，烟霞间，一念高堂贺。

念奴娇·贺龙抬头

风云龙御，品千秋苦雨，沧桑游戏。大哉乾元皆道义，万里江天无际。宇宙寒凉，广德润浴，行健渊心阔。抬头远望，六合同舞天意。

四季如梦如歌，春发六九，鸿悦声声贺。六位时成谁谋划，运转乾坤神移。造化流通，咸宁疆域，纵放光明曲。圣贤故里，又闻龙凤琴笛。

酒泉子·沉浮

沧海沉浮，塞外萧云哀晚景。兴衰离乱化残阳，莫愁肠。

昔年歌馆变荒凉，辗转车轮追往事。刀枪弯月话兴亡，两茫茫。

念奴娇·鸡犬箫笛

亭楼怀远，忆风霜雪雨，千秋痕迹。魂魄归来如晓雾，大梦方醒天意。乐罢琼楼，乾坤来去，别了烦乡国。空心无挂，笑谈浊世如戏。

回首春梦秋歌，暖心合月，看破红尘客。宇舞寒凉皆是夏，烟水往来依稀。沐浴清风，川流东去，谁解春秋义。圣贤村里，又闻鸡犬箫笛。

［双调·水仙子］冰心风骨

满天星斗映寒潭，月入冰心风骨坚，运流光只把琼楼赞。舞山峦万象观，御沧桑足踏江川。忘形儿云霞趣，酒歌儿弦外揽，幻化人间。

莺啼序·心海

收心内观玉雪，忘人间朝暮。雁回转，故里乡寒，冷落春梦游度。升平乐，蓬蒿燕雀，挟云掠过千山路。恋欲情奔放，随风化作残雨。

天地销魂，万物鼓荡，唱四时来去。数千载、谁种天根，暖鸿传递寒暑。仁亭楼，山高水远，断迷雾，回眸思缕。涧长鸣，把酒自欢，总思旧故。

天苍地老，日月轮升，始末春秋曲。欲无度，追欢昼夜，自造枯萎，暗昧沉香，何怨风雨。海恬云伴，心头涌浪。波禅慧颖千江诉，彻悟时，刹那功名禄。天高几许，且看眉上心语，一扫漫天尘土。

黄昏目送，旭日东方，赞梅开雪舞。傲冬尽，笑迎春浴，鬓上白霜，半世流光，踏破川谷。穿庐火炼，真金如愿，心猿意马醉性海，鹤长鸣，又见琴箫住。静观古往今来，一曲龙吟，盛衰定数。

小石调·恼煞人春色

又是流年春色，骄阳破晓醒冰河。烟霞柳岸喧嚣，乐融融，风许许，阅尽红尘因果。

往梦依稀愁闷，庄周悟道天阔。凡心不了秋霜鹤，弄繁华别趣，只有那不老汉一个。

醉花阴·春行

烟雾千家犬吠处，云水青山路。人伴拱桥松，蝶舞春行，天籁传心曲。

几家把酒悲欢侣，更有闲愁系。风雨打花喵，绽放霓裳，莫怨秋凉故。

夜游宫·惊梦

故梦清风夜袭。惊魂处，古歌传递。随韵追音问皓宇。见银河，斗星移，万象寂。

醒醉难知意。静天籁，寒灯竹语。雪舞残云谁看戏。怎晓得，道无形，驱四季。

醉太平·鬓霜展

山高水远，白云洗面，映千秋古道神仙。看风行月旋。

春花随柳意忧短，飘香国里缺圆转。日上中天鬓霜展，更有器成晚。

忆秦娥·惊梦

寒风冽，梅开雪浴迎春悦。迎春悦，红尘万里，震雷惊邪。

暖回雁叫苏田野，荒原梦醒阴霾绝。阴霾绝，宗经归璞，人心和月。

钗头凤·青山故

天湖阔，飞云过，洞箫传意良禽落。空灵悟，知音顾。高山流水，惠风和睦。露、露、露。

狂风作，淫虫破，川原梦影难留客。阴霾路，吸尘雾。心恬安好，青泉别处。吐、吐、吐。

浪淘沙令·霜雪怡然

枫叶落缠缠，谁染山峦。霜欺雪踏总怡然。幻化变迁惊睡雁，一气冲天。

醉景伴孤寒，无限空间。露风吹送动江川。流水落花别恋曲，东去绵延。

小重山·知音杳

秋夜寒天鸿雁鸣。酒酣千古梦，鬓霜行。木萧冷月伴稀星。游浩宇，尘影舞风情。

江水映红枫。闲愁空寂渺，静心冥。九霄云外荡琴声。知音杳，惊醒故人听。

夜游宫·寒凉故梦

晓雾峰峦鹊喜。问独木、何居寒地。冷暖春秋花落意。水长流，雁别离，千古忆。

陋室残灯曲。洞箫怨、夜深独系。略起霓裳杳梦里。酒杯愁，醉情浓，寒凉起。

离亭燕·喜霜华

竹翠高洁贤雅，风润雨滴心佳。水碧紫天为谁漫？远去风华春夏。冷暖尽云霞，倒影映霜花。

暮色闲愁白发，饮酒梦乡无涯。今古往来衰盛曲，唱遍风云佳话。醒醉雁归来，只赞江山如画。

剑器近·秋凉顾

冷秋雨。雁寂寥、金凉枫露。北国染千江树。落缠曲，翠竹雾。万籁静、心潮浪舞。眉头故人萧木。待冬去。

愁绪。已知双鬓处。青山不老，碧水浴，寂寞寒潭意。韶华别过岁穿梭，梦春花丽人，洞箫如泣风起。乱云飞渡。往事无痕，浩宇空留星宿。日出月夜峰峦暮。

渔家傲·山居

怪木寒居烟水雾，一筏不见幽人路。隐者去来闻涧曲。天籁语，孤云伴我千年富。

◀ 作者 1982 年生活照

霜露问凉秋影顾，鹤鸣雁际沧桑去。画梦里蝶蜂戏雨。留不住，那般残雪朝阳浴。

瑞鹤仙·再拜昆仑

万山昆仑坐。神祖远、再拜心猿渐豁。韶光暗中过。把春华留恋，酒酣狂笑。人伦倦弱。醉升平，谁舞媚波？有无常伴我，功过和旋，动静城郭。

莫怨寒凉岁暮，河洛孰推？怅游江阔。残霞落幕。飞鸿跃，繁星耀。紫云环顾处，冬眠福地，来复何问春色？雁回华夏乐，龙凤洞箫盛贺。

浪淘沙令·醒醉阅千年

秋雨意绵绵，枫叶披寒。天南地北起烟波。睡雁大迁行浩瀚，乐罢江天。

醒醉阅千年，无限悲欢。斗罡催动万峰观。今古往来衰盛曲，华夏绵延。

忆江南·楼台远望

山水渺，风雨映残斜。欲上楼台重远望，半边古城谢飞花。

愁泣漫千家。

清明后，酒暖冷心歇。别过故人离苦果，莫将美妙伴余霞。当度好年华。

桂枝香·寒春静度

寒春静度。正气排万忧，云散阳骄。千里冰融雁叫，伫亭楼处。游心目望天涯旅，忆先贤，寂寥无住。宇穹河汉，星空夜曲，问人间路。

念古今，凉辰寡宿。叹月冷风清，有无难语。窥圣宗经道理，自别荣辱。繁华进退如流水，见清泉不断源续。落霞几许，春秋鸣唱，又鸿蒙浴。

南乡子·龙翘首

空谷漫红秋，枫染神怡醉面羞。造化天成留锦绣，深幽，一水山间弄暗流。

心遁太虚游，静待花飞落木收。喜得春回龙翘首，回眸，缕缕清风慰神州。

念奴娇·河洛星移

虚灵智远，钓王侯将相，山青云系。凤舞烟波游脉络，水曲万般思虑。故里玄穹，乘风来去，元始天尊意。封神榜上，九天降下金义。

了去春梦朝歌，纣王昏夜，惊醒仙缘客。文武千秋八百余，潮落周幽烽戏。今古风流，匆匆过客，几位芳名记。圣人羑里，又观河洛星移。

齐天乐·醒狮

一狮独醒千年盼，轻轻固烟陈雾。怒吼寒移，春回雁悦，莫把离愁倾诉。凄风苦雨。梦别晚夕惊，去留朝露。定数当然，问新颜旧貌谁御？

东方晓日碧洗，赞江川远去，沧海思故。尽纳宗经，孤心自放，回首兴衰几度。星河万古。看宇舞清霜，愿达鹏负。龙凤琴箫，往来穿越曲。

定风波·恋乡情

夜安竹摇冷月升，幽人独卧恋乡情。留去源头从畏寡，何怕？异乡春雨又逢生。

地动山移惊梦醒，心骋，孤寒俗世几相行。回首怅然荒界处，情欲，几番风雨几番兴。

南吕宫·玉交枝

灯前春夏，鬓秋霜寻幽探雅。方圆九州乾坤画，罢寒凉暖万家。巍巍大地落残霞，丝丝细雨刷新芽。莫失节应时怒放，且观那千秋造化。

雪梅香·醒娇国

醒娇国，归愁何处去留空。弄离合情趣，寒凉送尽淫虫。游泣孤烟谁知意，晚屋残壁影双同。红尘落，荡尽斜霞，朝暮铜钟。

微风。动心雨，火爆春颜，几度高峰。只惜烛年，过功一去无踪。婉约潺溪故欢悦，落花流水各西东。新天地，且把征途，阅尽秋鸿。

渔家傲·精气神、冬至贺元始天尊圣诞

日浴冰川阳动处，来复返照千山舞。元始上清结圣果，精气聚，倒骑白马青牛度。

驾鹿还虚归道路，神无定所坎离趣。化鸟御风鹏万里。南冥露，火乡水暖仙台雾。

满庭芳·禅道

落雪幽林，寒梅冬笑，画梦空性禅门。冰河暗涌，悟宇宙天文。古往今来同侣，回眸望，残月凉辰。玄黄外，繁星点点，对应一孤人。

自然。寻古道，灵魂大耀，喜乐我闻。怅然游太虚，法度森森。彼此阴阳道也，宗万法，返本无痕。大自在，苦行般若，心放万年春。

关河令·清风

冬初江寒叶飘零，见月明星冷。静闻鸦鸣，清风拂面醒。
更深竹动窗影。怎晓得，孤心无映。紫薇斗柄，流云如梦景。

卜算子·待天晓

梦伴秋韵乡，静夜待天晓。烟水寒霜染醉枫，月面遮，飞鸿叫。

禅茶腹内煮，思故光阴笑。心放浩宇天地移，大自在，龙虎啸。

昭君怨·妙莲华

松卧峰岩瞩远，空谷亭楼禅院。晓雾漫秋霜，冷孤香。
杜雨声声合乐，经诵禅云流水。花落慧菩提，妙莲华。

小石调·秋醉

又至枫红秋醉，城郭旧梦咏悲歌。残霞晚景炊烟，暮朝朝，
情郁郁，各自闲愁眉锁。
巧智劳忧空闷，闲人静待花落。心声古曲玄天阔，水流无痕
迹，问浩宇世上几人乐。

桂枝香·秋

群山漫雾。恰万国晚秋，寒露枫度。寰宇萧萧素面，冷风袭
目。回头瞩望斜阳里，尽云遮，草木凄语。树摇枝落，花流雁曲，
梦春难住。
叹往昔，繁华远去。盼绿柳霓裳，能否再续。别过新愁旧侣，
大风鹏羽。翅击万丈江川水，赞沧桑变化游戏。蓦然回首，紫云
鸿越，伴咸宁曲。

渔家傲·天涯路

秋雨烟乡谁吐雾，风亲野草轻轻舞。回雪墨研波画影。惊鸿去，归期莫问天涯路。

傲阅群峰别旧暮，来年暖醒春回浴。故地重游歌一曲。循环处，诉说古今别离语。

阮郎归·乡愁

秋风秋月水潺潺，游人入梦难。随雁过云川，望穿山外山。

星海渺，地无边，举杯醒醉难。乡愁永夜又添烦，烟锁九重天。

烛影摇红·踏红尘

碧水枫颜，醉面欢，雁际天，长空恋。千年一梦为谁圆？霞晚群山远。

因果循环自鉴。踏红尘，凡心变仙。紫云驱垢，万象新元，乾坤庭院。

御街行·荡尘媚

悠悠岁月空留忆。万籁静，人妖会。升平歌舞蛀淫虫，花落秋风寒地。幽幽荒界，欲情欢恋，霾雾游千里。

骄阳照醒千年醉。阔别岁，沧桑泪。回眸高瞩远山移，阅尽春光明媚。秋凉道气，心头眉上，烟水云霞浴。

望远行·献瑞

骄阳献瑞，群峰险、冰冻松花高挂。一亭山顶，隐万层幽，更有蒹葭优雅。好一风光，醉掩这般思虑，看似美景添花。醒来观，皆是人间幻化。

真假。云起又知忧去，忆往事、境由心驾。雨后苦寒，松颜貌朴，一扫漫天残雪。高骨清风拂面，红尘游遍，且把苍天叩谢。上下千秋朗月，清明三界。

好事近·水乡

云雨打江南，垂柳暗花山色。景秀水波到处，有千秋平仄。

帝王春梦水乡眠，落得烟花气。歌舞升平今古，却不明残意。

喝火令·觅知音

晓日江山秀，三羊动静分，醒来云去泰回春。潮起激荡鸥鹭，烟水为谁贫？

过往游人梦，云霞似泪襟。一番风雨送凡心。落得情稀，万木入江深。倒影不知愁树，梦里觅知音。

烛影摇红·风轻云淡

梦影秋红，雾漫天，醉血枫，孤鸿愿。闲愁何处觅心安？寒水云霞远。

寻遍乾坤色暗。望千山，禅亭冷院。紫云驱垢，动静应时，风轻云淡。

眼儿媚·寒收

悠悠紫气碧天游，纲纪破残流。荡平妖气，霸除淫气，晚梦谦柔。

远山近水亭楼醉，唯有圣贤愁。春花秋谢，谁知真意，雪去寒收。

菩萨蛮·回春曲

一桥上下连天水，往来又现人声沸。古地圣明贤，今朝乱象观。

过功青史注，梦里回春曲。枫叶落缠余，寒鸦恋旧屋。

西江月 · 千年胡杨

沐浴这般萧瑟，笑迎碧洗蓝天。秋凉又送缕金衫，风度千年不变。

寥廓苍穹相伴，霜揉雪踏悠然。光明常照水寒天，再把江山游遍。

定西番 · 怅秋怀

晓阅平湖枫舞。霜染醉，目秋萧，若云霞。

千里故交鸿杳，梦来醒不来。闻雁远乡愁泣，怅徘徊。

虞美人 · 塞外感怀

楼兰湖畔金秋漫，塞外闲云伴。古今征战景凄然，叹罢尸骸遍地冷心寒。

谁知胜败空留残，瞩目硝烟散。盼君回转九州安，几许朝阳红满大江天。

清平乐 · 秋鸿

水乡烟渺，旭日芦花绕。远去秋鸿留不住，际涯云天群杳。

梦寻故地惊鸣，溯追千古无尽。愁泣恨云无雨，悠悠不尽别凄。

如梦令·方醒

雁去芦存秋雨，晚意舞霞斜影。寒梦入千家，今古富贫同侣。方醒，方醒，除去万般思绪！

玉蝴蝶·晨曲

万木露霜枫染，萧云荡荡，叶洒秋荒。晚景昏鸦，谁御四季风光。落残霞，空谷雁泣；雨雪冷，世态炎凉。欲情伤，何舞媚波？天数茫茫。

惆怅。凝神酒醒，春花月夜，寂寞沧桑。暗度韶华，怎知清静是仙乡？古今曲，兴衰上下；道自然，江海流长。日东方，晓鸿破雾，尽放朝阳。

对联

小学问大学问无知无欲真学问，
小富贵大富贵不贪不求真富贵。

纳宗经寻古道幽史青灯，
扬正气闻妙法孤影黄卷。

京评话杂台上台下道尽古今沧桑岁月，
笙管笛箫戏里戏外演绎千秋悲欢离合。

竹韵亭楼鸟语花香风舞清波自悠然，
天地开闭龙凤和鸣云动心游应无住。

清风明月把酒自欢神游大千世界，
草木川海山水相伴胸藏万象新天。

高骨清风红尘悟道乾坤小，
性体圆明浊世修身胸襟大。

对
联

后 记

　　时光荏苒，岁月迁移。天地造化，消息盈虚。日往月来，寒暑昼夜。星河浩渺，忆古追思。感叹之余，随笔咏赞。以此彰显三才之造化，文明之璀璨，自然之壮美，天道之循环，巧妙而无间。对先祖圣哲之大智大慧、大德大贤赞叹不已，五体投地，万慨命笔，一赞千年。

　　随着中国国运的兴起，博大精深的优秀传统文化正在复兴。如晓越骄阳，光芒万丈，四射群芳。解读当代，慰藉人心。在中华民族伟大复兴的历史进程中，必定起到指点迷津、和谐万邦的推动作用。为传承中华文化之精神，寻幽探玄，解奥行文。发掘散失历史浮沉之珠宝，拨开烟海，穿云破雾。使博大精深的中华传统文化再次破土重生，善化群芳，是我们中华儿女不可推卸的责任和历史使命。

　　多年来，自觉才疏学浅，也不敢称诗人。只是闻道心切，托物寄情于自然。感山水之变化，四季之交替，体圣贤无为之心路，追风逐日，静笃纯一。养天年于山野，清风常伴，与涧水琴音和弦，听雁鸣，观鹤舞。每日饮浊酒一杯，醒醉自知，暗恋玉壶，远宠辱，首孝悌，怀忠义，只求无愧于心。今出此书，不求彰显，只为回馈公共空间与社会。如本书能对弘扬中华优秀传统文化尽一份绵薄之力，心愿足矣！

幸得北京大学中国哲学暨文化研究所所长、北京大学中国文化书院副院长、哲学系博士生导师李中华老师为此书作序，不胜荣幸，感佩之至！同时对为此书提供帮助的诸方面的朋友们表示深深的谢意！鸣谢：邢文、熊心亮、刘凤岭、温硕。

杨凡

2022 年 6 月 10 日于京华

后
记